Famille Bouley

Denis Bouley.
Son rêve : une société dont l'unique but serait le bonheur et l'épanouissement personnel de chacun.

Sa passion : le coaching. (Il a créé sa propre boîte).

Sa devise : « si on créait de l'emploi pour les chômeurs, tout irait bien mieux ».

Valérie Bouley.
Son rêve : une société où les femmes seraient à l'égal des hommes dans le domaine des relations de travail.

Sa passion : le bio et le commerce équitable. (Elle a lancé un service de traiteur).

Sa devise : « on n'a qu'une planète ».

Salomé Bouley.
Son rêve, son principal trait de caractère et sa devise : maaama gagabeuuuuuuli areuhh !!

Eliott Bouley.
Son rêve : devenir premier ministre.

Son principal trait de caractère : philosophe.

Sa devise : « je ne vois pas où est le problème ».

Tiphaine Kalamian.
Son rêve : construire un monde vert et une famille unie.

Son principal trait de caractère : idéaliste.

Sa devise : « on ne m'écoute jamais ».

FAIS PAS CI, FAIS PAS ÇA

Scénario : Gilles Dal et Philippe Bercovici
Dessin : Philippe Bercovici
Couleurs : Cerise

DUPUIS

D'après la série et les personnages créés par Anne Giafferi et Thierry Bizot.

Fais pas ci, Fais pas ça est une série télévisée produite par Elephant Story, diffusée sur France 2 et Club RTL.
Merci à Guillaume Renouil pour son accueil, son enthousiasme et sa bienveillance.

Dépôt légal : novembre 2012
D.2012/0089/202
ISBN : 978-2-8001-5525-8

Imprimé en Belgique par Proost.

PEFC-Certifié
Ce livre est issu de forêts gérées durablement, de sources recyclées et contrôlées.
PEFC
PEFC/07-31-241
www.pefc.org

DALIM SOFTWARE
Powered by

www.dupuis.com

MAMAN ! NE ME DIS PAS QUE TU VAS ACHETER DE LA CASSONADE ! ?
?
SAIS-TU SEULEMENT COMMENT ILS LA FABRIQUENT, LA CASSONADE ? ! AVEC DES ABATS DE PORCS TORTURÉS, QU'ILS BOURRENT DE PESTICIDES AVANT DE LES NAPPER D'UNE COUCHE DE SODIUM CANCÉRIGÈNE !
BON, BON...
DES POMMES ! ? MAIS TU ES FOLLE ? ! TU SAIS COMMENT ILS LES PRODUISENT ?
AH ?
...ILS PRENNENT DES CHIPS AU PAPRIKA, QU'ILS TREMPENT DANS DE LA GRAISSE BOUILLANTE DONT ILS EXTRAIENT ENSUITE LES GERMES, PUIS QU'ILS BOURRENT DE COLORANTS AVANT DE LES DÉPOSER DANS UNE MACHINE ROUILLÉE QUI LEUR DONNE LEUR FORME !
DINGUE !
UN STEAK ? ! MÊME PAS BIO ? ! NON MAIS ÇA VA PAS ?
AUTANT S'ACHETER UN CERCUEIL DIRECT !
ZWIP
ÉCOUTE, SOLINE, IL FAUT BIEN QUE JE FASSE LES COURSES, TOUT DE MÊME...
CE N'EST PAS UNE RAISON POUR ADHÉRER À LA LOGIQUE DE LA SOCIÉTÉ DE CONSOMMATION ! ...
...CETTE LOGIQUE IMPLACABLE QUI NOUS POUSSE À ACHETER SANS RÉFLÉCHIR N'IMPORTE QUOI ! ...ET QUI NOUS TUE À PETIT FEU !
OUI, BON ! ET ALORS ON FAIT COMMENT, CONCRÈTEMENT ?
EH BIEN, SACHE QU'IL EXISTE D'AUTRES MANIÈRES DE CONSOMMER !
ALORS ! ? ! ...
...LE REPAS EST BIENTÔT PRÊT ? !
ENGRAIS BIO
GRAINES DE TOMATES
GRAINES DE COURGETTES BIO
B+G.D

?
SOLINE !?
QUI VIVRA GUEVARA
SHOPPING ÉQUITABLE
PARFUM DE RÉVOLTE
MIEL DE RÉVOLTE
SOIF DE JUSTICE
99% RÉVOLTÉ
LE CAPITAL C'EST SECONDAIRE
SOLIDAIRES EN LUTTE
NON!
QU'EST-CE QUE TU FAIS LÀ, SOLINE ? DIS-MOI QUE JE RÊVE !
C'EST MOI QUI RÊVE, PAPA... JE RÊVE D'UN MONDE MEILLEUR ! ALORS JE MILITE POUR MES IDÉAUX !
EN VENDANT DES GADGETS RIDICULES ?! BEN DIS DONC, BONJOUR LA RÉVOLUTION ! ...TU DEVRAIS VENDRE AUSSI DES PAILLASSONS ANTI-CAPITALISTES, DES YOYOS ÉTHIQUES, DES SEMELLES ORTHOPÉDIQUES CITOYENNES...
C'EST FACILE DE SE MOQUER ! MOI, JE POURRAIS AUSSI TOURNER EN RIDICULE TA PASSION DU ROBINET.
MAIS JE NE LE FAIS PAS.
SOIF DE JUSTICE
PARFUM DE RÉVOLTE
LA PASSION DU ROBINET, RIDICULE ? PFFF...
J'AURAI VRAIMENT TOUT ENTENDU !
?
GRMBL
HAUT
SOLIDAIRES EN LUTTE
BAS
TOUT VA BIEN, CAMARADE SOLINE ?
ÇA MARCHE SUPER, JOËL !
NOUS, À LA BOUTIQUE, ON N'ARRÊTE PAS... NOS VENTES NE FONT QUE GRIMPER EN FLÈCHE !
TANT MIEUX...
OUI ! À TEL POINT QUE POUR HONORER LES COMMANDES, IL VA SANS DOUTE NOUS FALLOIR DÉLOCALISER EN ASIE...
?!
TU RIGOLES ?
PAS DU TOUT ! ILS TRAVAILLENT PLUS VITE, LÀ-BAS... ET PLUS NOUS PRODUIRONS D'OBJETS, MIEUX LE MESSAGE QUE NOUS PORTONS SERA DIFFUSÉ !
PARFUM DE RÉVOLTE
NON!
MAIS...
EN PLUS LES COÛTS DU TRAVAIL Y SONT RIDICULEMENT BAS, DONC ÇA NOUS PERMETTRA DE VENDRE NOS OBJETS À UN PRIX PLUS DÉMOCRATIQUE. C'EST EN PARFAITE ADÉQUATION AVEC NOTRE CAUSE, NON ?
ENRIQUE EST EN TRAIN DE FAIRE UN BUSINESS PLAN.
HIHI
NON!
SOLINE ! REVIENS !
RÉACTIONNAIRE ! ÉLITISTE ! TU VOUDRAIS ÉCARTER DE LA RÉVOLUTION LES GENS QUI N'ONT PAS LES MOYENS DE SE PAYER NOS OBJETS !
3
B&G.D.

EUH... ÇA N'A PAS L'AIR D'ÊTRE LA GRANDE FORME, RENAUD ...
BAH... QUELQUES SOUCIS AVEC MA FILLE SOLINE...
ÇA NE VA PAS TRÈS FORT AVEC ELLE, EN CE MOMENT... RIEN QUE CE MATIN, ELLE M'A TRAITÉ DE PETIT-BOURGEOIS ÉGOÏSTE, MESQUIN, BORNÉ ET TYRANNIQUE !
ELLE ÉTAIT SÛREMENT TRÈS EN COLÈRE ?
JE LUI AVAIS JUSTE DEMANDÉ DE FERMER LA PORTE !
SI JE VEUX CHOISIR LA CHAÎNE DE TÉLÉ, ELLE ME TRAITE DE FASCISTE ...
JE MANGE UN STEAK ? ELLE M'ACCUSE QUASIMENT DE CANNIBALISME ...
JE LUI OFFRE UN CADEAU ? ELLE ME REPROCHE DE CHERCHER À ACHETER SON AFFECTION ...
VOUS DEVRIEZ VOUS INTÉRESSER À ELLE, À SON UNIVERS, À CE QU'ELLE FAIT...
ENSUITE, TROUVEZ DES CENTRES D'INTÉRÊT COMMUNS AVEC ELLE ...
VOUS VERREZ, ÇA CRÉERA DES LIENS ENTRE VOUS.
ALORS SOLINE, QU'EST-CE QUE TU FAIS DE BEAU ?
?
TU ÉCOUTES DE LA MUSIQUE ?
ÇA ALORS ! MOI AUSSI, À TON ÂGE, J'ÉCOUTAIS DE LA MUSIQUE !
AH ! AH !
PAS POSSIBLE ? ET JE SUPPOSE QU'À MON ÂGE, TOI AUSSI TU MANGEAIS ?
...ET QUE TU RESPIRAIS ?
... ET QUE PARFOIS, TU ÉTERNUAIS ?
LIGHT
OUI... NON... EUH...
OH ! ET PUIS ZUT !
ET TU SAIS CE QU'IL Y A DE PIRE AVEC TOI ? C'EST QUE TU ES SUSCEPTIBLE !!!
8
BRGD.

TIPHAINE, TU CONNAIS CE SITE EXTRAORDINAIRE?! IL TE PERMET DE RETROUVER DES CHAUSSETTES QUE TU AURAIS PERDUES N'IMPORTE OÙ DANS LE MONDE !
ÉVIDEMMENT ÇA NE FONCTIONNE QU'AVEC DES CHAUSSETTES DOTÉES D'UNE MICROPUCE SPÉCIALE QUE TU ACHÈTES SUR LE SITE, MAIS ÇA A L'AIR EXTRAORDINAIRE !
PALPITANT...
ET CELUI-CI? TU CONNAIS ?
TU T'Y INSCRIS, ET TU PASSES EN PRIORITÉ AUX CAISSES DES SUPERMARCHÉS ! C'EST GÉNIAL !
ON N'ARRÊTE PAS LE PROGRÈS...
SURTOUT QUAND LE SITE DEVIENDRA POPULAIRE: TOUT LE MONDE PASSERA EN PRIORITÉ, ÇA VA ÊTRE PRATIQUE...
ATTENDS, J'AI ENCORE MIEUX : UN COMPARATEUR DE PRIX DE SHAMPOOINGS ON LINE !
?
INDIS-PENSABLE ...
ET LÀ, REGARDE ! TU METS TON PORTRAIT SUR CE SITE, ET IL TRANSFORME TON VISAGE EN LAPIN ! TU PEUX DONC VOIR À QUOI TU RESSEMBLERAIS SI TU ÉTAIS UN LAPIN !
HILARANT !
ÉCOUTE, MAMAN, JE BOSSE, LÀ ...
PFFF... JE FAIS CE QUE JE PEUX POUR ÊTRE DANS LE COUP AVEC TIPHAINE, MAIS ELLE NE M'ENCOURAGE PAS VRAIMENT...
...J'EN AI MARRE DU WEB, JE RETOURNE À MON CLUB DE LECTURE !
RIEN DE TEL QUE LE PAPIER ET LA RÉFLEXION !
POUR LES PARTICIPANTES QUI NE SONT PAS VENUES DEPUIS UN BOUT DE TEMPS, JE RAPPELLE QUE DÉSORMAIS, PAR SOUCI D'ÉCOLOGIE, NOUS NOUS RÉUNIRONS PAR WEBCAMS INTERPOSÉES, ET NOUS NE LIRONS PLUS NOS LIVRES QUE SUR INTERNET !
18

AAAH ! TU VOIS, CHRISTOPHE, C'EST TRÈS IMPORTANT DE SORTIR DEHORS, DE SE CONFRONTER AU RÉEL, DE S'OUVRIR AU MONDE...
C'EST PAS EN SURFANT SUR INTERNET TOUTE LA JOURNÉE QUE TU COMPRENDRAS CE QU'EST LA VRAIE VIE...
LE PROBLÈME DE LA PAUVRETÉ, PAR EXEMPLE...
BEN SI, JUSTEMENT...
1 Pièce SVP
J'AI DÉCOUVERT RÉCEMMENT UN SITE QUI DÉTAILLAIT DES CHIFFRES INCROYABLES. TU SAVAIS QU'UN JEUNE SUR TROIS EST DANS UN ÉTAT DE PRÉCARITÉ GRAVE ? ET QUE LES FORMES LES PLUS DURES DE MISÈRE N'ÉTAIENT PAS CELLES QU'ON VOIT DANS LA RUE ?
EUH... OUI, BIEN SÛR...
...MAIS C'EST IMPORTANT DE SORTIR POUR VOIR CE QUI SE PASSE, TOUT DE MÊME.
CE QUI SE PASSE C'EST SURTOUT QUE L'IRAN EST EN TRAIN D'ACQUÉRIR L'ARME NUCLÉAIRE... J'AI VU UN SITE TRÈS DOCUMENTÉ QUI DÉTAILLE TOUTES LES RAISONS DE S'ALARMER.
OUI BON ENFIN, IL NE FAUT PAS CROIRE NON PLUS TOUT CE QU'ON LIT SUR INTERNET !
CE QUE TU VOIS DANS LA RUE, LES VRAIES GENS, CE QU'ILS DISENT, C'EST LA SEULE CHOSE DONT TU PEUX ÊTRE ABSOLUMENT SÛR !
BOF !
JE VIENS JUSTEMENT DE CONSULTER UNE ENQUÊTE EN LIGNE LÀ-DESSUS, QUI TRAITAIT DE PSYCHOLOGIE SOCIALE : IL PARAÎT QUE 94,7 % DES GENS NE DISENT PAS CE QU'ILS PENSENT.
ET DONC QUE NEUF FOIS SUR DIX, IL FAUT SE MÉFIER DES APPARENCES.
MAIS ENFIN RENAUD, QU'EST-CE QUE TU FABRIQUES ?
ÇA FAIT DES HEURES QUE TU SURFES SUR INTERNET !
J'AI DÉCIDÉ DE M'OUVRIR AU MONDE RÉEL... À LA VRAIE VIE !
10
G+G.D.

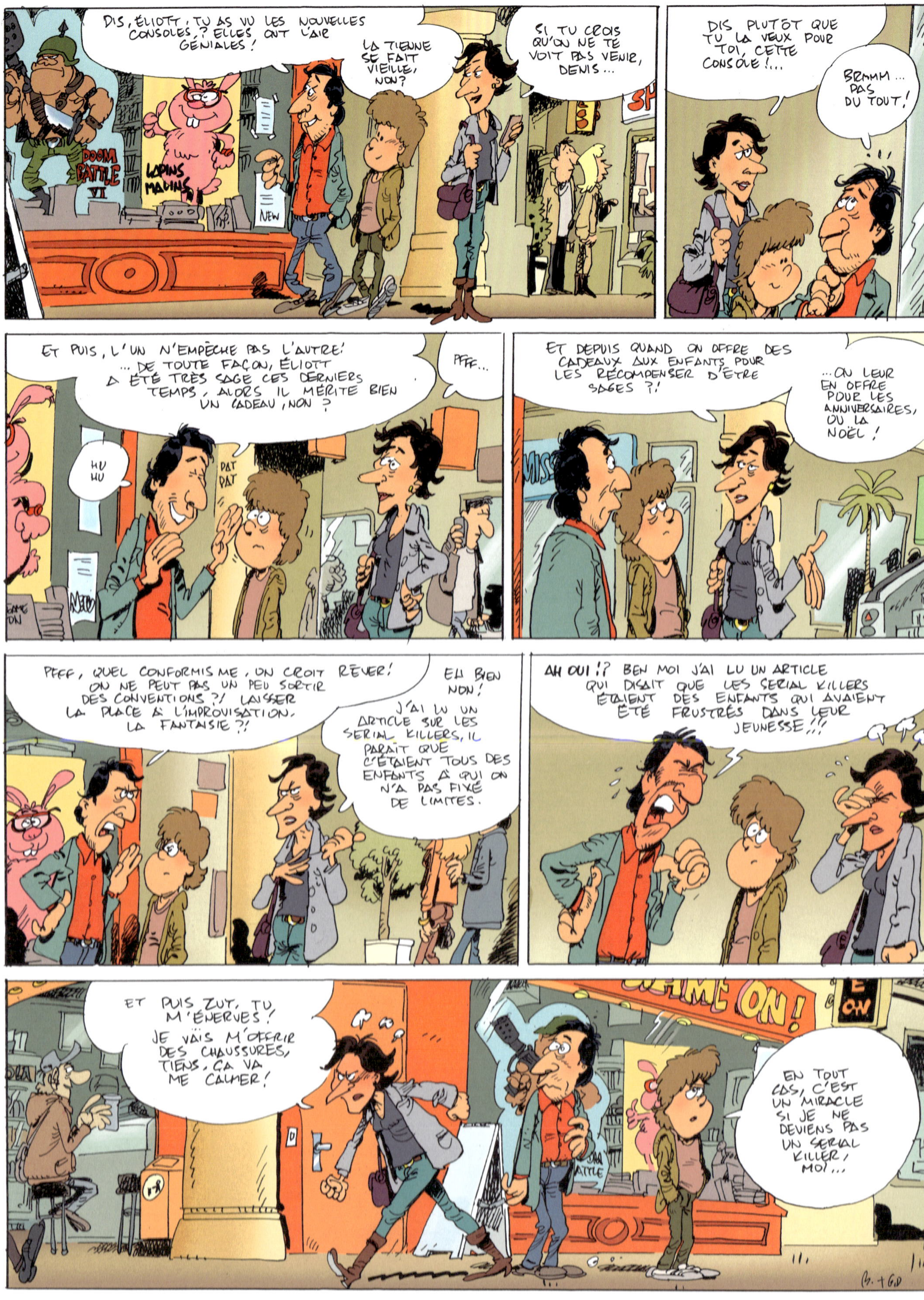
DIS, ÉLIOTT, TU AS VU LES NOUVELLES CONSOLES ? ELLES ONT L'AIR GÉNIALES !
DOOM BATTLE VI
LAPINS MALINS
NEW
LA TIENNE SE FAIT VIEILLE, NON ?
SI TU CROIS QU'ON NE TE VOIT PAS VENIR, DENIS...
DIS PLUTÔT QUE TU LA VEUX POUR TOI, CETTE CONSOLE !...
BRMMM... PAS DU TOUT !
ET PUIS, L'UN N'EMPÊCHE PAS L'AUTRE ! ... DE TOUTE FAÇON, ÉLIOTT A ÉTÉ TRÈS SAGE CES DERNIERS TEMPS, ALORS IL MÉRITE BIEN UN CADEAU, NON ?
PFFF...
HU HU
PAT PAT
ET DEPUIS QUAND ON OFFRE DES CADEAUX AUX ENFANTS POUR LES RÉCOMPENSER D'ÊTRE SAGES ?!
... ON LEUR EN OFFRE POUR LES ANNIVERSAIRES, OU LA NOËL !
PFFF, QUEL CONFORMISME, ON CROIT RÊVER ! ON NE PEUT PAS UN PEU SORTIR DES CONVENTIONS ?! LAISSER LA PLACE À L'IMPROVISATION, LA FANTAISIE ?!
EH BIEN NON !
J'AI LU UN ARTICLE SUR LES SERIAL KILLERS, IL PARAÎT QUE C'ÉTAIENT TOUS DES ENFANTS À QUI ON N'A PAS FIXÉ DE LIMITES.
AH OUI !? BEN MOI J'AI LU UN ARTICLE QUI DISAIT QUE LES SERIAL KILLERS ÉTAIENT DES ENFANTS QUI AVAIENT ÉTÉ FRUSTRÉS DANS LEUR JEUNESSE !!!
ET PUIS ZUT, TU M'ÉNERVES !
JE VAIS M'OFFRIR DES CHAUSSURES, TIENS, ÇA VA ME CALMER !
GAME ON !
EN TOUT CAS, C'EST UN MIRACLE SI JE NE DEVIENS PAS UN SERIAL KILLER, MOI...

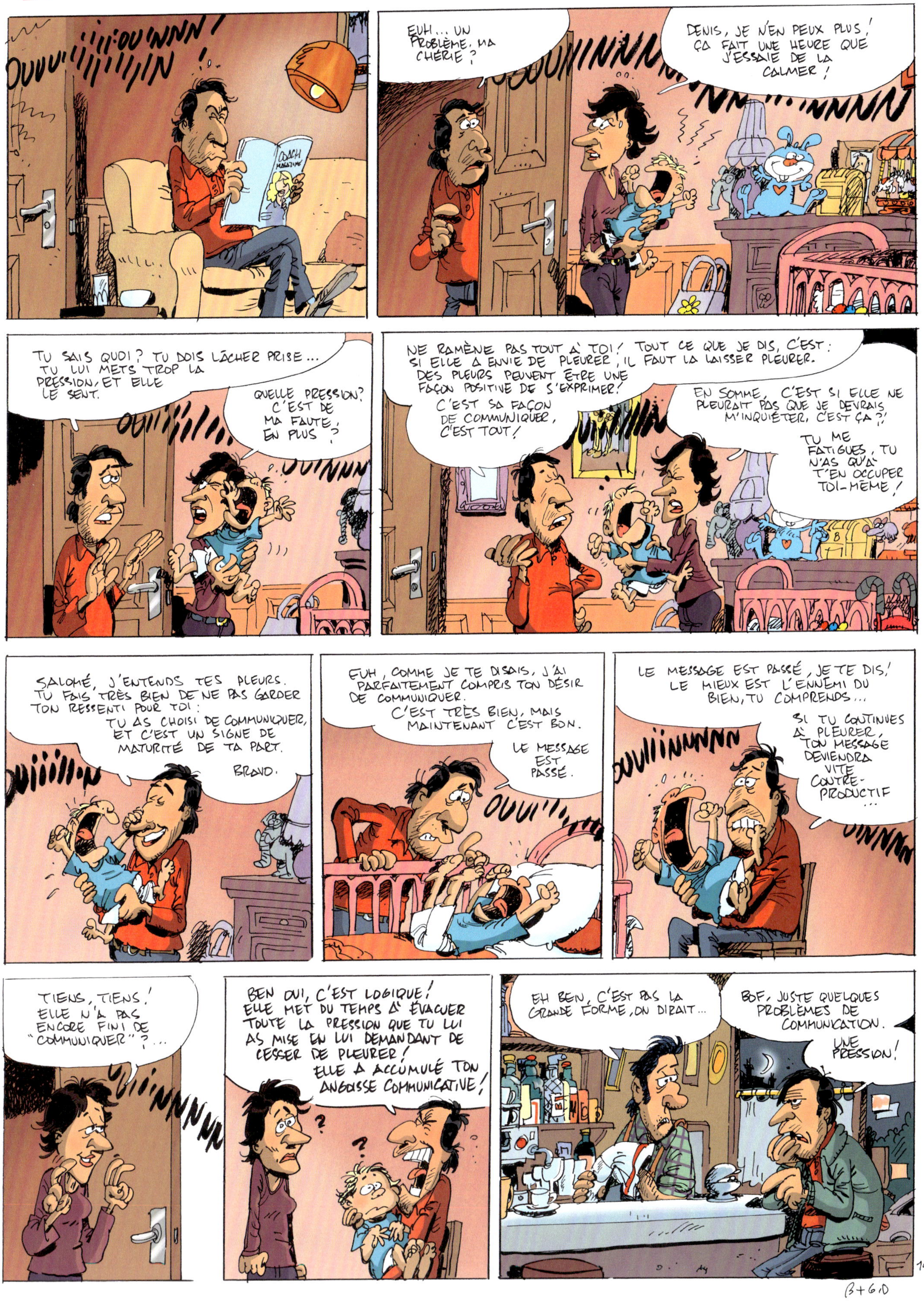

EUH... UN PROBLÈME, MA CHÉRIE ?
DENIS, JE N'EN PEUX PLUS ! ÇA FAIT UNE HEURE QUE J'ESSAIE DE LA CALMER !
TU SAIS QUOI ? TU DOIS LÂCHER PRISE... TU LUI METS TROP LA PRESSION, ET ELLE LE SENT.
QUELLE PRESSION ? C'EST DE MA FAUTE, EN PLUS ?
NE RAMÈNE PAS TOUT À TOI ! TOUT CE QUE JE DIS, C'EST : SI ELLE A ENVIE DE PLEURER, IL FAUT LA LAISSER PLEURER. DES PLEURS PEUVENT ÊTRE UNE FAÇON POSITIVE DE S'EXPRIMER !
C'EST SA FAÇON DE COMMUNIQUER, C'EST TOUT !
EN SOMME, C'EST SI ELLE NE PLEURAIT PAS QUE JE DEVRAIS M'INQUIÉTER, C'EST ÇA ?!
TU ME FATIGUES, TU N'AS QU'À T'EN OCCUPER TOI-MÊME !
SALOMÉ, J'ENTENDS TES PLEURS. TU FAIS TRÈS BIEN DE NE PAS GARDER TON RESSENTI POUR TOI :
TU AS CHOISI DE COMMUNIQUER, ET C'EST UN SIGNE DE MATURITÉ DE TA PART.
BRAVO.
EUH, COMME JE TE DISAIS, J'AI PARFAITEMENT COMPRIS TON DÉSIR DE COMMUNIQUER.
C'EST TRÈS BIEN, MAIS MAINTENANT C'EST BON.
LE MESSAGE EST PASSÉ.
LE MESSAGE EST PASSÉ, JE TE DIS ! LE MIEUX EST L'ENNEMI DU BIEN, TU COMPRENDS...
SI TU CONTINUES À PLEURER, TON MESSAGE DEVIENDRA VITE CONTRE-PRODUCTIF...
TIENS, TIENS ! ELLE N'A PAS ENCORE FINI DE "COMMUNIQUER" ?...
BEN OUI, C'EST LOGIQUE ! ELLE MET DU TEMPS À ÉVACUER TOUTE LA PRESSION QUE TU LUI AS MISE EN LUI DEMANDANT DE CESSER DE PLEURER !
ELLE A ACCUMULÉ TON ANGOISSE COMMUNICATIVE !
EH BEN, C'EST PAS LA GRANDE FORME, ON DIRAIT...
BOF, JUSTE QUELQUES PROBLÈMES DE COMMUNICATION.
UNE PRESSION !

ATTENTION! LA REVOILÀ!
AÏE! ON EST MORTS!
GLACE
NON MAIS JE RÊVE!... DENIS! TU LUI AS ACHETÉ UNE GLACE, LÀ ?!
EUH, C'EST-À-DIRE QU'IL FAIT CHAUD ET ... BRMMM...
HUM ...
TU EN VEUX UNE ?
DENIS! ON EN A DÉJÀ DISCUTÉ DIX MILLE FOIS : IL FAUT FAIRE ATTENTION AU POIDS D'ÉLIOTT !
QU'EST-CE QUE JE VAIS DIRE AU PÉDIATRE, MOI ?!
RHOOO! MAIS ENFIN, IL EST TOUT MINCE!
POUR LE MOMENT PEUT-ÊTRE, MAIS ÇA PEUT CHANGER À TOUT INSTANT! TU SAIS QUE LES MALADIES CARDIO-VASCULAIRES LIÉES À L'OBÉSITÉ SONT UNE DES PRINCIPALES CAUSES DE MORTALITÉ ?!
PFFF ...
... ET DANS UN PETIT POT, EN PLUS! TU VEUX LE TUER, C'EST ÇA? TU N'AS PAS LU LES ÉTUDES RÉCENTES QUI DÉMONTRENT QUE LE PLASTIQUE DES POTS EST CANCÉRIGÈNE ?
ET ALLONS-Y! DE LA VANILLE ET DU CHOCOLAT! C'EST CRIMINEL! LES GOÛTS LES PLUS CALORIQUES, ET CEUX QUI CRÉENT LA PLUS FORTE DÉPENDANCE, EN PLUS!
MAIS, S'IL A FAIM ?
S'IL A FAIM, DONNE-LUI DES BÂTONNETS DE CAROTTE! BIO, DE PRÉFÉRENCE... C'EST SAIN, C'EST NATUREL...
CRUNCH
C'EST...
HAACK.. KOFF ARRKKK KOFF KOFF ...
CHÉRIE?
CHÉRIE? ÇA VA ?
AHHHRK KHOFF...
ARKOFF ARKOFF...
AU MOINS, LA GLACE ÇA FOND DANS LA GORGE...
KOFF KOFF ...
LE TOUT EST DE VOIR COMMENT ON PRÉFÈRE MOURIR : ÉTOUFFÉ, OU OBÈSE ...
BON. JE PRENDRAI LA MÊME CHOSE QUE LUI!
31

DZIING BLING KLING
C'EST PAS GRAVE, ÉLIOTT: CE N'EST QUE DU MATÉRIEL!
DE TOUTE FAÇON, JE COMPTAIS LES REMPLACER, CES VITRES...
L'ESSENTIEL, C'EST QUE TU N'AIES RIEN, MON CHÉRI.
IL EST SYMPA, TON PÈRE...
EN FAIT, IL L'EST TROP!
QUAND JE REFUSE DE FAIRE MES DEVOIRS, IL VA DIRE À MON PROF QUE C'EST LA PREUVE DE MON INDÉPENDANCE D'ESPRIT.
QUAND JE SUIS SURPRIS EN TRAIN DE COPIER SUR MON VOISIN DE CLASSE, IL VA DIRE AU PROF QUE C'EST LA PREUVE DE MON ESPRIT D'ÉQUIPE.
UNE FOIS, J'AI VOLÉ UN JOUET DANS UN MAGASIN, ET IL EST ALLÉ EXPLIQUER AU VENDEUR QUE JE VENAIS D'ACCOMPLIR UN LÉGITIME ACTE DE RÉBELLION FACE À LA SOCIÉTÉ DE CONSOMMATION.
PLAY BOSS
ET L'AUTRE JOUR, J'AI MIS UN COUP DE POING À UN COPAIN, IL EST ALLÉ EXPLIQUER À SON PÈRE QUE JÉSUS-CHRIST AVAIT BIEN FOUETTÉ LES MARCHANDS DU TEMPLE.
CE N'EST PLUS POSSIBLE! IL FAUT ABSOLUMENT QU'IL SE DÉCIDE À ME FIXER DES LIMITES!
MOINS DE DIALOGUE, PLUS DE REPÈRES!
PAPA! IL FAUT ABSOLUMENT QUE TU MANIFESTES PLUS DE POIGNE À MON ÉGARD!
L'AUTORITÉ, ÇA COMPTE À MON ÂGE...
NON?
?
COACHING MAG
AH? C'EST VRAI? TU TROUVES QUE JE SUIS TROP À L'ÉCOUTE?
TU VEUX QU'ON EN PARLE?
19

PAF
AÏE !
BÂTARD
TA MÈRE
SA RACE
BOUFFON
BAF
?
ÇA VA PAS, NON !? ARRÊTEZ ÇA TOUT DE SUITE !
GNNNN
MES ENFANTS, LA VIOLENCE N'A JAMAIS RIEN RESOLU ! ELLE MÈNE SYSTÉMATIQUEMENT À L'IMPASSE, CROYEZ-MOI...
C'EST BON, P'PA, ON S'AMUSAIT...
PRENEZ DONC EXEMPLE SUR GANDHI, L'APÔTRE DE LA NON-VIOLENCE : EN PRÔNANT LA PAIX ET LA CONCILIATION, IL A CHANGÉ LE MONDE !
AH ?
PARFAITEMENT ! MÊME CHOSE POUR MARTIN LUTHER KING QUI, DANS SA LUTTE CONTRE LE RACISME, A TOUJOURS REFUSÉ DE RÉPONDRE À LA VIOLENCE PAR LA VIOLENCE.
MAIS SI QUELQU'UN NOUS AGRESSE ?
EH BIEN, PRIVILÉGIEZ TOUJOURS L'ÉCOUTE, L'ÉCHANGE, LA CONCILIATION, LE DIA...
AÏE !
?
PAPA ! ÇA VA ?
MMFFF... TU VOIS, ÉLIOTT, JE NE RÉPONDRAI PAS À CETTE AGRESSION : JE SAIS QU'EN ME PIQUANT, CETTE GUÊPE N'OBÉISSAIT QU'À SON INSTINCT.
... ELLE N'EN AVAIT PAS CONTRE MOI PERSONNELLEMENT.
TOUJOURS ESSAYER DE RESTER MAÎTRE DE SOI ET DE COMPRENDRE SON AGRESS...
OUILLE !
AÏE !
BZZZ
BZZZZ
OUILLE !
BZZZZZZZ
RAÏE !
ENFIN DENIS, JE NE COMPRENDS PAS... POURQUOI NE L'AS-TU PAS ÉCRASÉE, CETTE GUÊPE ?
ON A DES PRINCIPES OU ON N'EN A PAS !
JE VAIS VOUS FAIRE UNE PIQÛRE...

ENSUITE, ON PEUT SOUSTRAIRE 6, PUIS DIVISER PAR 9... ET ENSUITE, LE PROBLÈME EST RÉGLÉ ! NON ?
EUH... NON, JUSTEMENT !
COMMENT ÇA "NON" ?
NON, PARCE QUE CE N'EST ABSOLUMENT PAS LA BONNE SOLUTION, ÉLIOTT...
AH ?
BIZARRE, D'APRÈS MON PÈRE, DANS LA VIE, IL N'Y A JAMAIS UNE SEULE ET UNIQUE SOLUTION...
SAUF QUE LÀ OUI ! CE QUE TU VIENS DE DIRE EST FAUX, C'EST SÛR !
OUI, MAIS D'APRÈS MON PÈRE, DANS LA VIE, ON NE PEUT JAMAIS ÊTRE SÛR DE RIEN...
EN MATHÉMATIQUES, SI ! IL N'Y A QUE DES BONNES OU DES MAUVAISES SOLUTIONS !
MON PÈRE DIT QU'ON NE PEUT PAS TOUT DIVISER EN NOIR ET BLANC, ET QU'IL FAUT TOUJOURS LAISSER LA PLACE À LA NUANCE...
VOYEZ ?
ÉCOUTE, ÉLIOTT... EN MATHÉMATIQUES, IL Y A UNE SEULE BONNE SOLUTION : 2+2 PAR EXEMPLE, ÇA FAIT 4, ÇA NE FAIT PAS 3 !
HMM...
SAUF QUE SI 4 S'ÉTAIT APPELÉ 3, 2+2 ÇA FERAIT 3 ! NON ?
PFFF, C'EST MALIN !... AVEC TES CONSEILS DE TOUJOURS TOUT REMETTRE EN QUESTION, J'AI FINI PAR ME METTRE MA PROF DE MATHS À DOS, MOI...
AH ?
CE DOIT ÊTRE PARCE QUE TU N'AS PAS SU REMETTRE EN QUESTION CE QUE JE TE DISAIS !...
B+G.D 12

ET SURTOUT, MES ENFANTS, N'OUBLIEZ PAS QUE L'ESSENTIEL, DANS LA VIE, EST DE TOUJOURS BIEN CONSERVER VOTRE INDÉPENDANCE D'ESPRIT.
JE COMPTE SUR VOUS : PRENEZ **TOUJOURS** VOS DISTANCES AVEC CE QUE L'ON VOUS DIT.
EUH... JE NE SUIS PAS D'ACCORD, MONSIEUR : PARFOIS, IL EST BON D'ÉCOUTER CE QUE NOUS DISENT DES PERSONNES PLUS EXPÉRIMENTÉES... NON ?
C'EST BIEN, CHARLOTTE, C'EST TRÈS BIEN ! TU METS EN PRATIQUE MON CONSEIL AU PIED DE LA LETTRE :
TU REMETS EN QUESTION CE QUE JE TE DIS. BRAVO POUR TON INDÉPENDANCE D'ESPRIT.
AUJOURD'HUI, LE PROF NOUS A RECOMMANDÉ DE TOUJOURS TOUT REMETTRE EN QUESTION...
QUOI ?!
QU'EST-CE QUE C'EST ENCORE QUE CES FADAISES ?
C'EST VRAIMENT N'IMPORTE QUOI ! C'EST AU CONTRAIRE TRÈS IMPORTANT D'ÉCOUTER CE QUE NOUS DISENT LES GENS PLUS EXPÉRIMENTÉS !
C'EST BIEN CE QUE J'AI RÉPONDU AU PROF !
AH ? C'EST VRAI ?
OUI ! C'EST EXACTEMENT CE QUE JE LUI AI DIT.
C'EST BIEN, TU AS BIEN FAIT, CHARLOTTE.
TU SAIS QUOI ?
FINALEMENT, CE N'EST PAS SI DIFFICILE QUE ÇA, DE PLAIRE À TOUT LE MONDE...
25

JE VOUS AI CONVOQUÉE PARCE QU'ÉLIOTT M'INQUIÈTE BEAUCOUP...
PSYCHOLOGUE SCOLAIRE
...EN CE MOMENT JE LE TROUVE SOMBRE, DÉPRIMÉ...
QU'EST-CE QUI VOUS FAIT PENSER ÇA ?
L'AUTRE JOUR JE LUI AI DEMANDÉ COMMENT IL SE SENTAIT : IL M'A RÉPONDU QU'IL SE SENTAIT BIEN...
BEN ALORS !
BEN ALORS, SI C'ÉTAIT VRAI, IL NE PRENDRAIT PAS LA PEINE DE LE PRÉCISER... C'EST SÛREMENT DE L'AUTO-PERSUASION, ET UNE MANIÈRE DE VOUS PROTÉGER.
MAIS ENFIN, C'EST N'IMPORTE QUOI !
VOUS ÊTES DANS LE DÉNI, C'EST BIEN NORMAL. MAIS JE VOUS DEMANDE DE CONSIDÉRER CE QUE JE DIS.
IL AIME JOUER AU BALLON. OR, LE BALLON, C'EST ROND, ROND COMME LE SEIN MATERNEL... IL EST DONC EN PLEINE RÉGRESSION.
?
IL RIT. MAIS VOUS SAVEZ BIEN QUE L'HUMOUR EST LA POLITESSE DU DÉSESPOIR : IL RIT POUR NE PAS PLEURER.
IL COURT : C'EST UNE FUITE EN AVANT, UNE MANIÈRE DE NE PAS SE RETOURNER SUR LA VIE.
IL APPELLE LES AUTRES : C'EST UNE FAÇON DE REPOUSSER LE MONDE EXTÉRIEUR...
CLASSIQUE !
ET IL...
OUAP !
BAF !
OH ! PARDON MONSIEUR !
EUH... ÇA VA ?
MONSIEUR ?
GLLL...
S'IL NE RÉPOND PAS, C'EST QUE ÇA DOIT ALLER...
4
BR G.D.

... ET CECI, ÉLIOTT, ÇA TE FAIT PENSER À QUOI ?
À UN LAPIN.
EXCELLENT ! MAGNIFIQUE ! ENFIN UN ÉLÈVE CRÉATIF ET ORIGINAL QUI NE RÉPOND PAS BÊTEMENT "UN CANARD" QUAND ON LUI PRÉSENTE UN CANARD !
LE PSY DE L'ÉCOLE M'A DIT QUE J'ÉTAIS SURDOUÉ !
ALLONS BON !?
MERCI D'AVOIR L'AIR SI ÉTONNÉ...
BEN QUOI ? TU T'EN DOUTAIS, TOI, PEUT-ÊTRE, QUE TU ÉTAIS SURDOUÉ ?
ÉVIDEMMENT ! PUISQUE JE SUIS SURDOUÉ.
À QUOI TU T'EN DOUTAIS ?
À PLEIN DE TRUCS...
QUAND JE COMMENCE UN PAQUET DE BISCUITS, PAR EXEMPLE, JE SAIS D'AVANCE QUE JE VAIS LE FINIR.
C'EST MALIN...
ET CE N'EST PAS TOUT : QUAND TU TE DISPUTES AVEC MAMAN, JE SAIS D'AVANCE QUE ÇA NE VA SE CALMER QUE QUAND TU ADMETTRAS AVOIR EU TORT.
HEIN ?!
ALORS LÀ, C'EST COMPLÈTEMENT FAUX !
SI TU NE TE RENDS MÊME PAS COMPTE DE ÇA, C'EST QUE TOI, TU ES LOIN D'ÊTRE UN SURDOUÉ...
JE SUIS SÛR QUE MOI AUSSI JE DOIS ÊTRE SURDOUÉ, DOCTEUR, MAIS JE NE SAIS PAS EN QUOI...
... VOUS NE POURRIEZ PAS ME TROUVER QUELQUE CHOSE, QUE JE PUISSE SAUVER LA FACE DEVANT MON FILS ?
ON VA VOIR... CECI, ÇA VOUS FAIT PENSER À QUOI ?
B&G.D

AHEM... JE SUIS AU REGRET DE VOUS ANNONCER QUE VOTRE PROFESSEUR DE FRANÇAIS, MADAME PARCHEMIN, NE POURRA ASSURER LES COURS DANS LES PROCHAINS JOURS, ELLE SOUFFRE D'UN, EUH... COUP DE FATIGUE.
QUOI ?! ENCORE UNE DÉPRESSION ?
C'EST LA QUATRIÈME, CETTE ANNÉE !
ENCORE UNE, ET ON BAT LE RECORD DE L'ANNÉE DERNIÈRE !
QU'EST-CE QU'ON LUI A FAIT ?
PFF ! ELLE S'EST ENCORE FAIT PLAQ
DÉJÀ QUE MADAME PARCHEMIN REMPLAÇAIT UNE REMPLAÇANTE QUI ÉTAIT PARTIE EN DÉPRESSION ET QUE CETTE REMPLAÇANTE-LÀ REMPLAÇAIT ELLE AUSSI UNE AUTRE REMPLAÇANTE QUI AVAIT FAIT UNE DÉPRESSION...
PFFF... DÉPRIMANT !
C'EST PAS VRAI ?! UNE NOUVELLE DÉPRESSION ? ILS FONT UN CONCOURS, OU QUOI ?
J'EN AI PLUS QU'ASSEZ QUE L'AVENIR DE NOTRE JEUNESSE SOIT HYPOTHÉQUÉ PAR LES ÉTATS D'ÂME DE QUELQUES FONCTIONNAIRES !
JE VAIS VOIR LE PROVISEUR.
MAIS, PAPA...

UNE DÉPRESSION, UNE DÉPRESSION... TOUT DE SUITE LES GRANDS MOTS !
JE DIRAIS PLUTÔT UN DÉCROCHAGE PSYCHOLOGIQUE TEMPORAIRE, DÛ POUR L'ESSENTIEL AU CHANGEMENT DE SAISON...
...ET QUI PERMETTRA À MADAME PARCHEMIN DE PRENDRE UN RECUL SALVATEUR !
TOUT DE MÊME ! ...
...ÇA FAIT QUATRE PROFESSEURS EN UNE ANNÉE QUI ONT PRIS UN RECUL SALVATEUR !
ÇA PROUVE LA GRANDE COHÉSION QUI UNIT LES MEMBRES DE NOTRE CORPS PROFESSORAL !
QUELLE PLUS BELLE PREUVE DE L'ESPRIT DE SOLIDARITÉ QUI PRÉVAUT DANS NOTRE ÉTABLISSEMENT ?
AH ! AH !
MAIS... ET LES ENFANTS, COMMENT VONT-ILS FAIRE, SANS PROFESSEUR ?
CE SERA L'OCCASION POUR EUX DE SE DÉBROUILLER SEULS, DE DÉVELOPPER LEUR PROPRE CRÉATIVITÉ ! SORTONS DES ANCIENS SCHÉMAS DE DOMINATION PROFESSEURS-ÉLÈVES, QUE DIABLE !
TENTONS DE NOUVELLES FORMES DE PÉDAGOGIE !
D'AILLEURS JE ME DEMANDE POURQUOI JE N'AI PAS ORGANISÉ ÇA PLUS TÔT DANS MON ÉTABLISSEMENT...
JE ME DEMANDE SI MA PÉDAGOGIE BASÉE SUR LA PRÉSENCE DES PROFESSEURS N'ÉTAIT PAS MAUVAISE ET INUTILE, AU FOND...
QUEL ÉCHEC PERSONNEL. TOUTES CES ANNÉES, J'AI FAIT FAUSSE ROUTE.
C'EST TERRIBLE.
BEUH
...ET TOUT D'UN COUP, IL N'A PLUS BOUGÉ.
DÉPRESSION NERVEUSE.
C'EST TRÈS FRÉQUENT, DANS LE MILIEU ENSEIGNANT.
CLIC
B&G.D.

PFFF... PERSONNE NE ME COMPREND DANS CETTE FAMILLE...
QUAND J'ANGOISSE, PAPA M'EXPLIQUE QUE JE DOIS FAIRE UN EFFORT POUR ME CONTRÔLER ET QUE DANS LE MILIEU DU ROBINET, ON NE PEUT PAS SE PERMETTRE DE SE LAISSER ALLER...
CHRISTOPHE ME DIT QU'IL NE FAUT PAS S'EN FAIRE, QUE DE TOUTE FAÇON, MÊME QUAND ON NE FAIT RIEN, TOUT FINIT PAR S'ARRANGER...
SOLINE ME DIT QU'IL Y A DES PROBLÈMES PLUS GRAVES DANS LE MONDE QUE MES PETITES ANGOISSES : LES INJUSTICES, LES INÉGALITÉS ...
RÉSULTAT DES COURSES : JE PASSE MON TEMPS À CACHER MES ANGOISSES.
EH BEN DIS DONC, QU'EST-CE QUE CE SERAIT SI TU LES MONTRAIS !
AH ? TU TROUVES QUE J'AI L'AIR TROP ANGOISSÉE ? QUELLE ANGOISSE !
BON, JE VAIS FAIRE UN EFFORT...
?
EUH...
ÇA VA, CHARLOTTE ?
BIEN SÛR ! POURQUOI ÇA N'IRAIT PAS ?
TU ES TOUTE SOURIANTE, C'EST BIZARRE !
ON N'A PAS L'HABITUDE !
BOUHOUHOU ! OUI, C'EST VRAI, J'AI PEUR !!!
MAIS MA CHÉRIE, DE QUOI POURRAIS-TU BIEN AVOIR PEUR, GRANDS DIEUX ?
DES GUERRES, DES MALADIES, DU RÉCHAUFFEMENT CLIMATIQUE, DE LA MORT, DE LA DÉLINQUANCE, DE LA FIN DU MONDE, DE L'INFINITÉ DE L'UNIVERS !
BZZZ
ZZZ
ZZZZZ
FILE DANS TA CHAMBRE !
24

ADMIREZ LE NOUVEAU LAVE-VAISSELLE QU'ON VIENT D'ACHETER ! LE BIO EXTRA-GREEN TX-5978 !
DORÉNAVANT CHAQUE FOIS QU'ON LANCERA UNE VAISSELLE, ON SAUVERA UN ÉLÉPHANT D'AFRIQUE...
HMPF !
EUH... ÇA VEUT DIRE QUE SI ON NE LANCE PAS DE VAISSELLE, ON LAISSE CREVER LES ÉLÉPHANTS D'AFRIQUE ?
UN LAVE-VAISSELLE QUI SAUVE LES ÉLÉPHANTS ! À QUAND LES CROQUETTES AU FROMAGE QUI SAUVENT LA PLANÈTE ?
DITES, ON A ENCORE TROIS LIVRAISONS AVANT CE SOIR, ALORS SI VOUS POUVIEZ NOUS DIRE OÙ INSTALLER LA MACHINE...
À L'ENDROIT LE PLUS BÉNÉFIQUE POUR LES ÉLÉPHANTS ! AH ! AH !
GRMBL...
PFFF !
CLIC !
VVRRBRRRRVR...
QUE ?...
OH ! MON DIEU ! LE GÉNOCIDE D'ÉLÉPHANTS, ICI !
EN PLUS J'AI LAISSÉ LE RADIATEUR ALLUMÉ, DONC, ON EST AUSSI RESPONSABLES DE LA FONTE DES GLACES...
SANS COMPTER QU'EN SAUVANT LES ÉLÉPHANTS D'AFRIQUE, ON LAISSE COMPLÈTEMENT DE CÔTÉ CEUX D'ASIE...
VRRRRRR
AH, ÇA SUFFIT, HEIN !!
?
?
VOUS SAVEZ QUOI : J'EN AI ASSEZ D'ENTENDRE VOS SARCASMES ! JE ME SENS INSULTÉ DANS MES CONVICTIONS PROFONDES !
VOUS NE MÉRITEZ PAS DE POSSÉDER UN AUSSI MAGNIFIQUE OBJET. TIENS !
ON REMBALLE TOUT !
MAIS...
N'INSISTEZ PAS ! LA PLAISANTERIE A DES LIMITES !
C'EST VRAI, QUOI : IL FAUT SE FAIRE RESPECTER...
PLANET LIVRAISONS
?
B&C.D

TU VOIS, CHRISTOPHE, IL Y A DES TAS DE POSSIBILITÉS DE MÉTIER ---
INGÉNIEUR AGRONOME, INGÉNIEUR CIVIL, INGÉNIEUR COMMERCIAL, INGÉNIEUR INFORMATIQUE...
TU AS L'EMBARRAS DU CHOIX !
SALON DE L'ÉTUDIANT
ENTRÉE
MH... ÇA NE M'INTÉRESSE PAS, TOUT ÇA, MOI... MOI, CE QUI ME PASSIONNE, C'EST L'ART.
EUH... AH ?
EN FAIT, J'AIMERAIS TRANSCENDER LES BARRIÈRES QUI EXISTENT ENTRE LES DIFFÉRENTES DISCIPLINES ARTISTIQUES.
J'AI EN TÊTE DES PROJETS QUI MÊLERAIENT MUSIQUE, VIDÉOS, PHOTOS, BOUTS DE ROMANS...
NE TE LIMITE PAS À ÇA, VOYONS ! MÊLE AUSSI À TON PROJET ASTRONOMIE, VOLLEY-BALL, COIFFURE, CHARCUTERIE...
VOIS PLUS GRAND, SOIS AMBITIEUX !
PFFF !
C'EST FACILE DE SE MOQUER... LES PLUS GRANDS ARTISTES, À LEURS DÉBUTS, ONT TOUS SUSCITÉ MOQUERIES ET SARCASMES.
BEN OUI, MAIS SI TU EXPLIQUES QUE TU VEUX CONQUÉRIR MARS OU TE TRANSFORMER EN GIRAFE, TU ATTIRERAS AUSSI DES SARCASMES
HIN HIN
...
BON ÉCOUTE, VOILÀ CE QUE JE TE PROPOSE : TU DEVIENS INGÉNIEUR, PUIS TU TE CONSACRERAS À TON ART LE SOIR ET LE WEEK-END.
NON ?
AH, BEN J'AI ENCORE MIEUX : JE DEVIENS INGÉNIEUR, JE TRAVAILLE 18 HEURES PAR JOUR, ET UNE FOIS À LA RETRAITE JE ME CONSACRE À MON ART !
...AUTANT RÉSERVER LE MEILLEUR POUR LA FIN, QUAND JE SERAI VIEUX ET GRABATAIRE...
ENFIN, RENAUD, INGÉNIEUR, TU N'Y PENSES PAS !?
...DEVIENS D'ABORD ARTISTE ! TU POURRAS TOUJOURS DÉVELOPPER DES TALENTS D'INGÉNIEUR COMME HOBBY, LE SOIR OU LES WEEK-ENDS !
CE SERA BIEN PLUS RAISONNABLE COMME ÇA !
CROIS-EN MON EXPÉRIENCE !
?
...
INGÉNIEURS SCHOOL
BEAU BOULOT, MON BIJOU.
ÉCOLE INTERNATIONALE SUPÉRIEURE D'INGÉNIEURS
EXCELLENCE & PASSION
11

VOUS AVEZ DES PROJETS POUR LES VACANCES ?
AH ! LE CHALLENGE SERA DE FAIRE AUSSI FORT QUE L'ANNÉE DERNIÈRE...
J'AVAIS EMMENÉ TOUT LE MONDE FAIRE UN TOUR DES PLUS BELLES CATHÉDRALES DE FRANCE...
LES ENFANTS, LA FRANCE EST UN PAYS DE TRADITION CHRÉTIENNE...
?
... ET JE TIENS À VOUS OUVRIR À L'IMMENSE RICHESSE DE NOTRE MAGNIFIQUE PATRIMOINE CULTUREL !
C'EST UNE BLAGUE ?
DE 1290 À 1375 ON CONSTRUISIT LES CHAPELLES LATÉRALES DE LA NEF, NON PRÉVUES DANS LE PLAN INITIAL. ELLES SONT AU NOMBRE DE ONZE, SIX AU NORD ET CINQ AU SUD, LES PLUS ANCIENNES À L'EST, LES DERNIÈRES À L'OUEST...
OH ! REGARDEZ ! LE TOMBEAU D'ARNULPHE DE LOTHARINGIE, UN PREUX CHEVALIER CÉLÈBRE POUR AVOIR INVENTÉ LA DOUBLE ARMURE EN MÉTAL !
BIEN ENTENDU, ON NE PEUT PAS PASSER DANS LA RÉGION SANS VISITER LE MUSÉE DE LA SEMELLE !
ENTRÉE
ON L'IGNORE TROP SOUVENT, MAIS NOUS SOMMES ICI DANS LA RÉGION DE FRANCE LA PLUS RICHE EN MARAIS SALÉS...
PLOUF
... ALORS JE PENSE QUE CETTE ANNÉE, ON VA REMETTRE ÇA ! ... ET VOUS ?
POUR NOUS, L'ANNÉE DERNIÈRE, ÇA A ÉTÉ FABULEUX...

NOUS AVONS ÉTÉ DANS UN CENTRE DE LOISIRS ÉTHIQUE... C'EST TOUT À FAIT EXTRAORDINAIRE!
JOUER AU FOOT? PAS QUESTION! CE SPORT POUSSE À LA COMPÉTITION, OR LA COMPÉTITION EST À L'ORIGINE DE TOUS LES MAUX DE LA SOCIÉTÉ.
UNE PISCINE!? ET PUIS QUOI ENCORE? ÇA NE VOUS SEMBLERAIT PAS INDÉCENT DE GASPILLER PLEIN D'EAU ALORS QUE TANT DE GENS EN MANQUENT SUR LA PLANÈTE?
NON, NOUS NE VENDONS PAS DE LANGES, ICI... NOUS NE SOMMES PAS DES COMMERÇANTS...
AAAH! DÉSOLÉ, MAIS NON, NOUS N'AVONS RIEN PRÉVU POUR MANGER ENTRE LES REPAS.
JE VOUS RAPPELLE QUE LE GRIGNOTAGE EST CE QU'IL Y A DE PLUS MAUVAIS POUR L'ORGANISME.
COMMENT ÇA, VOUS VOUS ENNUYEZ?!
VOUS POUVEZ ALLER COUPER DU BOIS DANS LA FORÊT!
... INUTILE DE VOUS DIRE QU'IL NOUS TARDE D'Y ÊTRE À NOUVEAU!
PLUS TARD...
RENAUD?! VOUS ÊTES ICI? VOUS?
?
DENIS?!
HOTMALE
EUH OUI EUH... FABIENNE M'A FINALEMENT CONVAINCU QU'IL FALLAIT QUE JE DÉCOMPRESSE, CETTE ANNÉE
ET VOUS?
EUH, MOI? JE VOULAIS VOIR UNE FOIS DANS MA VIE COMMENT C'ÉTAIT UN CLUB DE VACANCES. PAR CURIOSITÉ, POUR VOIR JUSQU'OÙ POUVAIT ALLER LE MAUVAIS GOÛT...
HOTMALE

?
SGNIF!
SGNIF! SGNIF! SGNIF!
?
SLAF
SPLAF
PLUB

M'ENFIN, VALÉRIE, TU AS ENCORE PRIS LES PRODUITS LES PLUS CHERS! ON NE S'EN SORTIRA JAMAIS, SI TU CONTINUES COMME ÇA!
ÉCOUTE, JE NE ME SUIS PAS LANCÉE DANS CETTE ACTIVITÉ POUR SERVIR DES PRODUITS MÉDIOCRES!
IL FAUT ÉDUQUER LES GENS AUX SAVEURS DE QUALITÉ!
MONSIEUR! DÉSOLÉE, MAIS BOIRE DU COCA AVEC CETTE TERRINE GASCONNE AU JAMBON DE BAYONNE, C'EST CRIMINEL!
...JE VOUS CONSEILLE PLUTÔT UN CHÂTEAU CENTENNAC 2003 1ER CRU, OU ALORS UN LAGRAVÉ MARTILLAC 2006.
?
JE GOÛTERAIS BIEN CE JAMBON, MOI...
DU JAMBON?! MALHEUREUX! C'EST DU DEHESA DE EXTREMADURA! UNE ZONE D'ÉLEVAGE DE PORC IBÉRIQUE QUI COMPREND TOUTE LA COMMUNAUTÉ D'ESTRÉMADURE, AINSI QU'UNE SÉRIE DE COMMUNES SITUÉES DANS LES ZONES MONTAGNEUSES POUR L'ÉLABORATION DES CUISSES DES BOVINS.
MON DIEU!! MAIS VOUS ÊTES FOU?! DU FROMAGE RÂPÉ SUR MES AIGUILLETTES DE CANARD AUX RAISINS! PURE FOLIE!
VOUS ALLEZ TUER LE GOÛT!
STOOOP!
AU PRIX OÙ M'ONT COÛTÉ CES ENCORNETS FARCIS À LA SÉTOISE, NE PRENEZ PAS TOUT!
IL FAUT EN LAISSER POUR LES AUTRES!
DRRRiiiNNNG
?
C'EST BIEN ICI, LES DOUZE PEPPERONI EXTRA CRUSTY CHEESE?
OUiiiiiii!!!!
PIZZA
21

PFIOU, QUEL BOULOT...
ÇA...
DITES, POUR VOTRE ACTIVITÉ DE TRAITEUR, VOUS DEVRIEZ RATIONALISER VOTRE MODE DE FONCTIONNEMENT !
...SINON, VOUS N'ALLEZ JAMAIS VOUS EN SORTIR !
VOUS PERDEZ UN TEMPS FOU À ÉPLUCHER CES LÉGUMES, PAR EXEMPLE : POUR ÇA, VOUS DEVRIEZ ENGAGER QUELQU'UN !
TU SAIS CE QUE ÇA COÛTE, UN EMPLOYÉ ?
VOUS LE PAYEZ AU MINIMUM LÉGAL, ET S'IL SE PLAINT, VOUS MENACEZ DE LE REMPLACER ! CROYEZ-MOI, VOUS VOUS Y RETROUVEREZ TRÈS VITE. ÇA VOUS LAISSERA PLUS DE TEMPS POUR PROSPECTER LA CLIENTÈLE ET ÉCRASER VOS CONCURRENTS.
MAIS, ON NE VEUT PAS ÉCRASER NOS CONCURRENTS ! ...
AH NON ?... ET COMMENT TU VAS TROUVER DE NOUVEAUX CLIENTS ALORS ? LAISSE-MOI FAIRE...
JE VAIS LANCER DES RUMEURS SUR INTERNET, BOURRER LES FORUMS DE COMMENTAIRES DÉNIGRANTS, FAIRE CROIRE QUE CE SONT DES EMPOISONNEURS...
TU SAIS, TIPHAINE, ON S'EST LANCÉES DANS CETTE ACTIVITÉ POUR L'AMOUR DE LA CUISINE, PAS POUR GAGNER DE L'ARGENT...
EH BIEN, C'EST UNE ERREUR !
D'AILLEURS, VOUS DEVRIEZ PROPOSER DES PACKS "DE LUXE"... VOUS CUISINERIEZ EXACTEMENT LA MÊME CHOSE, MAIS VOUS AJOUTERIEZ "DE PRESTIGE" APRÈS LE NOM DE CHAQUE PLAT...
... ÇA VOUS PERMETTRAIT DE LES FACTURER DEUX FOIS PLUS CHER !
ET AU FAIT, VOUS AVEZ DÉJÀ ENTENDU PARLER DE CETTE PASTILLE QUI TUE LE MAUVAIS GOÛT DES PRODUITS PÉRIMÉS ?
ÇA TE PERMETTRAIT D'ÉCOULER TES STOCKS D'INVENDUS !
DENIS, JE... JE CROIS QUE J'AI ENFANTÉ UN MONSTRE !
IL FAUT BIEN QU'ELLE AIT PRIS UN PEU DE SON PÈRE...
COACHING
20

ÉLIOTT ! C'EST TOI QUI AS MIS CES BISCUITS DANS LE CHARIOT ?
BEN... OUI, POURQUOI ?
IL NE SONT PAS BIO, CES BISCUITS ! ALORS PAS QUESTION D'ACHETER !
AH ? QU'EST-CE QUE ÇA CHANGE ?
ÇA CHANGE TOUT ! DANS LES PRODUITS BIO, IL N'Y A PAS DE PESTICIDES, PAS D'HERBICIDES CHIMIQUES !...
... PAS DE FERTILISANTS DE SYNTHÈSE, PAS DE SEMENCES GÉNÉTIQUEMENT MODIFIÉES !
C'EST UNE ÉNORME DIFFÉ-RENCE !
... ET PUIS, L'AGRICULTURE BIO PRÉSERVE LA VIE DU SOL, PROTÈGE LES EAUX SOUTERRAINES, MINIMISE LES GAZ À EFFET DE SERRE !
PRO
QUANT AUX ÉLEVAGES BIO, ON NE LEUR ADMINISTRE PAS D'ANTIBIOTIQUES, PAS D'HORMONES DE CROISSANCE, PAS DE FARI-NES ANIMALES, MAIS ILS ONT SEULEMENT UN RÉGIME NATUREL ET UN ACCÈS À L'AIR LIBRE !
TU VOIS ?
CHOC
... ET PUIS LES PRODUITS BIOLOGIQUES, PLUS CONCENTRÉS, CONTIENNENT PLUS DE MATIÈRE SÈCHE, DE MINÉRAUX VITAMINÉS ET DE PHYTONUTRIMENTS GOÛTEUX. ... ET MOINS DE RÉSIDUS TOXIQUES !
PITIÉ !
... C'EST POUR ÇA QUE DÉSORMAIS, JE N'ACHÈTE PLUS QUE DES PRODUITS BIO.
BIP
C... COMBIEN ?!! ... IL DOIT SÛREMENT Y AVOIR UNE ERREUR !?
?
... JE VOUS PROPOSE D'EXAMINER TRANQUILLEMENT LES SOLUTIONS POUR ESSAYER DE REMÉDIER À VOTRE MAUVAISE PASSE FINANCIÈRE ... VOUS DÉSIREZ UNE TASSE DE CAFÉ ?
UNE BANQUE À VOTRE ÉCOUTE
ÉPARGNE : FAITES DU GRAS !
S'IL EST BIO OU ISSU DE L'AGRICULTURE ÉQUITABLE, POURQUOI PAS ?
0% CRÉDIT VROOM
AH ÇA, DÉSOLÉ MAIS ON NE PEUT PAS SE LE PERMETTRE : C'EST BEAUCOUP TROP CHER.
29

ET VOILÀ ! FRANCHEMENT, ÇA EN JETTE, NON ?
POUR UN AVENIR SANS NUAGES
SPLISH SPLASH
ÇA...
AVEC VOTRE MAIRIE
AH !
BRAVO, MADAME LEPIC, POUR VOTRE SLOGAN ! VOUS AVEZ BIEN RAISON : QUAND ON VOIT COMME L'AVENIR EST BOUCHÉ POUR LES JEUNES... MON FILS QUI NE TROUVE PAS DE TRAVAIL...
LE CHÔMAGE EST UN VRAI FLÉAU, EN EFFET, MADAME PIRON.
SANS COMPTER LE PROBLÈME DU LOGEMENT : TOUT EST DEVENU TELLEMENT CHER QUE MON NEVEU DE 44 ANS A ÉTÉ OBLIGÉ DE RETOURNER VIVRE CHEZ SES PARENTS !
LA CRISE DU LOGEMENT EST UN PROBLÈME TERRIBLE. VOUS AVEZ RAISON, MONSIEUR.
AVEC MAIR
AH OUI ! ET LA QUESTION DU NUCLÉAIRE, ALORS ?! C'EST HYPER-DANGEREUX, ÇA ! C'EST L'AVENIR DE NOS ENFANTS QUI EST EN JEU !
ABSOLUMENT ! ET JE SUIS BIEN PLACÉE POUR EN PARLER...
JE VOUS REJOINS TOUT À FAIT : UN AVENIR SANS NUAGES PASSE PAR UNE AUGMENTATION DU POUVOIR D'ACHAT.
JE VOUS APPROUVE À 100% !
EUH... MAMAN, TOUT DE MÊME... TON SLOGAN N'EST PAS UN PEU AMBITIEUX, VU QUE TU N'ES RESPONSABLE QUE DES DÉJECTIONS CANINES ?
BEN QUOI ? LES DÉJECTIONS CANINES SONT AU CONFLUENT DE PLUSIEURS QUESTIONS DE SOCIÉTÉ BRÛLANTES : L'HYGIÈNE PUBLIQUE, LE BIEN-ÊTRE ANIMAL, LA GESTION DES DÉCHETS...
BIEN SÛR, PFFFF...
EUH...
RHALALA... ET ON S'ÉTONNE QUE LA POLITIQUE NE FASSE PLUS RÊVER LES JEUNES !...
POUR DES TROTTOIRS BIEN PROPRES
AVEC VOTRE MAIRIE
SHOP

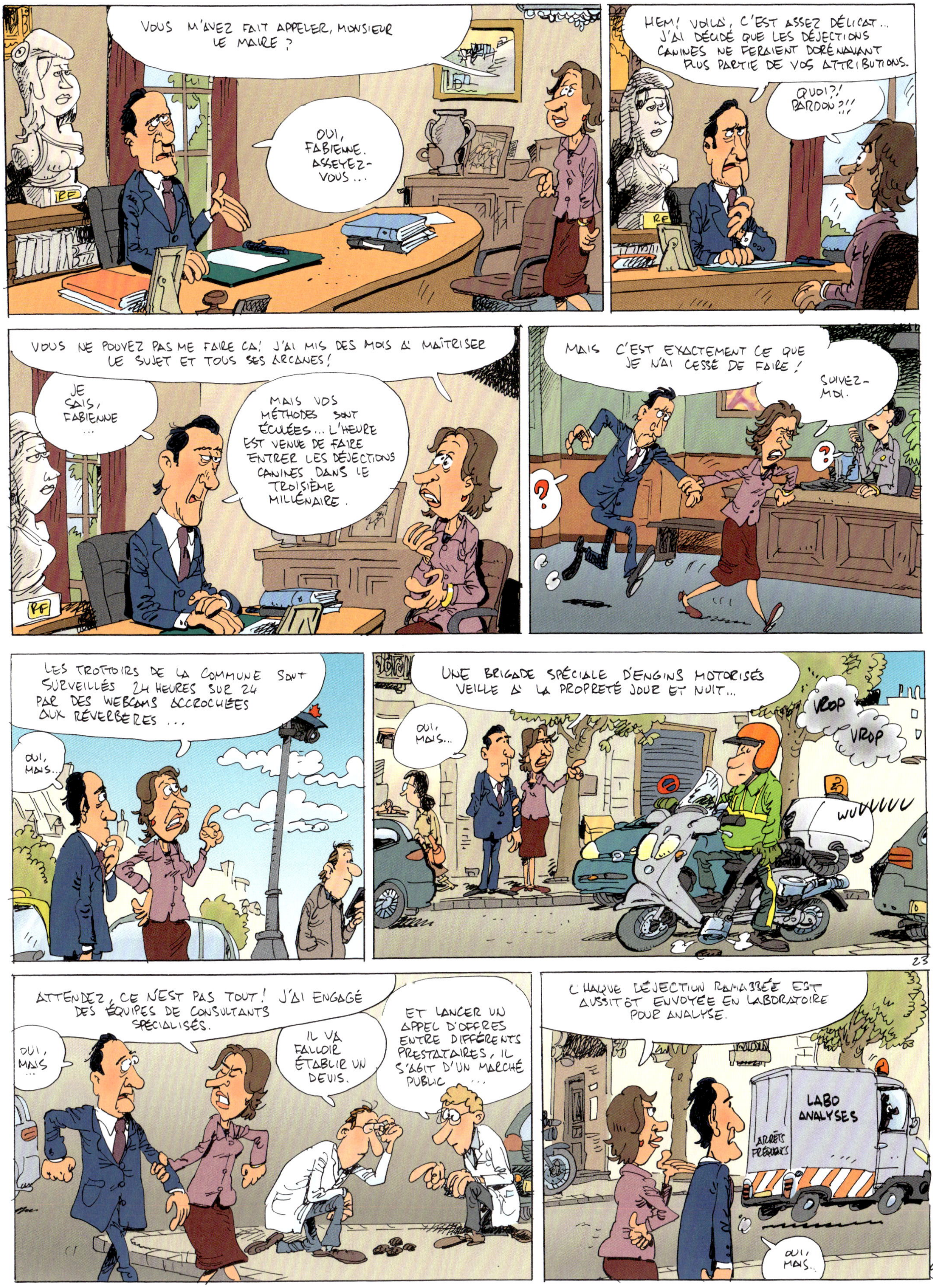
VOUS M'AVEZ FAIT APPELER, MONSIEUR LE MAIRE ?
OUI, FABIENNE. ASSEYEZ-VOUS...
HEM! VOILÀ, C'EST ASSEZ DÉLICAT... J'AI DÉCIDÉ QUE LES DÉJECTIONS CANINES NE FERAIENT DORÉNAVANT PLUS PARTIE DE VOS ATTRIBUTIONS.
QUOI?! PARDON?!!
VOUS NE POUVEZ PAS ME FAIRE ÇA! J'AI MIS DES MOIS À MAÎTRISER LE SUJET ET TOUS SES ARCANES!
JE SAIS, FABIENNE...
MAIS VOS MÉTHODES SONT ÉCULÉES... L'HEURE EST VENUE DE FAIRE ENTRER LES DÉJECTIONS CANINES DANS LE TROISIÈME MILLÉNAIRE.
MAIS C'EST EXACTEMENT CE QUE JE N'AI CESSÉ DE FAIRE!
SUIVEZ-MOI.
?
?
LES TROTTOIRS DE LA COMMUNE SONT SURVEILLÉS 24 HEURES SUR 24 PAR DES WEBCAMS ACCROCHÉES AUX RÉVERBÈRES...
OUI, MAIS...
UNE BRIGADE SPÉCIALE D'ENGINS MOTORISÉS VEILLE À LA PROPRETÉ JOUR ET NUIT...
OUI, MAIS...
VROP
VROP
WUUUUUU
ATTENDEZ, CE N'EST PAS TOUT! J'AI ENGAGÉ DES ÉQUIPES DE CONSULTANTS SPÉCIALISÉS.
OUI, MAIS...
IL VA FALLOIR ÉTABLIR UN DEVIS.
ET LANCER UN APPEL D'OFFRES ENTRE DIFFÉRENTS PRESTATAIRES, IL S'AGIT D'UN MARCHÉ PUBLIC...
CHAQUE DÉJECTION RAMASSÉE EST AUSSITÔT ENVOYÉE EN LABORATOIRE POUR ANALYSE.
LABO ANALYSES
ARRÊTS FRÉQUENTS
OUI, MAIS...

EN PLUS, JE COMPTE DÉBLOQUER UN BUDGET POUR ORGANISER UN GRAND COLLOQUE SUR LES DÉJECTIONS CANINES, QUI REGROUPERA LES MEILLEURS SPÉCIALISTES DE LA QUESTION.
VOILÀ, JUSTEMENT! ...
C'EST BIEN LE PROBLÈME!
TOUT ÇA NOUS COÛTE BEAUCOUP TROP CHER! RENDEZ-VOUS COMPTE : 92% DU BUDGET DE LA MUNICIPALITÉ PASSE DANS LA GESTION DES DÉJECTIONS CANINES!
CE N'EST PLUS TENABLE! IL FAUT ABSOLUMENT FAIRE DES ÉCONOMIES!
JE REFUSE D'AVOIR UNE VISION STRICTEMENT COMPTABLE DE LA DÉJECTION CANINE.
ET PUIS NOUS AVONS REÇU DES PLAINTES D'ASSOCIATIONS DE DÉFENSE DES ANIMAUX, POUR QUI LES CHIENS NE SONT PAS RESPECTÉS DANS LEUR DIGNITÉ LORSQUE VOUS CRITIQUEZ EN PUBLIC LEURS DÉJECTIONS...
ET ENFIN, IL VOUS EST ARRIVÉ DE VOUS CHARGER VOUS-MÊME D'UNE ÉVACUATION DE DÉJECTIONS, C'EST UN MANQUEMENT À LA DIGNITÉ DE VOTRE FONCTION...
PFFF ...
SNIF... EXCUSEZ-MOI ... MAIS C'EST TOUTE UNE CONCEPTION DE LA DÉJECTION CANINE QUI VA DISPARAÎTRE ...
ALLONS, REMETTEZ-VOUS, FABIENNE ...
JE VOULAIS VOUS PROPOSER UN POSTE PLUS PRESTIGIEUX... ADJOINTE À LA CULTURE, PAR EXEMPLE.
QU'EN DITES-VOUS? MH?
"PLUS PRESTIGIEUX"?! C'EST VEXATOIRE À L'ENCONTRE DE TOUS LES CHIENS ET DE LEURS MAÎTRES!
CELA RESSEMBLE PLUTÔT À UNE MISE AU PLACARD... MAIS SOIT! J'AI L'ESPRIT DE DISCIPLINE... LE TEMPS DE FAIRE MON DEUIL, DE TOURNER LA PAGE, ET JE FERAI ENTRER LA POLITIQUE CULTURELLE DE NOTRE VILLE DE PLEIN PIED DANS LE TROISIÈME MILLÉNAIRE!
SNIF!
À LA BONNE HEURE!
PLUS TARD...
EXPOSITION
GRAND VERNISSAGE
VERNISSAGE CE SOIR : LES DÉJECTIONS CANINES DANS L'ART CONTEMPORAIN
EXPOSITION
ALORS, MONSIEUR LE MAIRE, ÇA EN JETTE, HEIN?!
LE MINISTRE DE LA CULTURE VA MÊME PEUT-ÊTRE PASSER!

MES CHERS AMIS, J'AI MAINTENANT LE PLAISIR DE LAISSER LA PAROLE À WILFRIED DURAND, DÉLÉGUÉ GÉNÉRAL DE L'ASSOCIATION EUROPÉENNE DES PROFESSIONNELS DU ROBINET.
MERCI, MON CHER BENHASSI.
COMME VOUS LE SAVEZ, LE BUT À L'ÉCHELLE CONTINENTALE EST LE SUIVANT : POUR L'ANNÉE EN COURS, 14% DE CROISSANCE SUR LES ROBINETS THERMOSTATIQUES, ET 21% POUR LES ROBINETS MITIGEURS.
...ET PARMI CES DERNIERS, IL FAUDRA ABSOLUMENT ATTEINDRE L'OBJECTIF DE 12% DE LEVIERS INTÉGRÉS.
EUH ... DÉSOLÉ DE VOUS INTERROMPRE, MAIS TOUT ÇA, CE NE SONT QUE DES CHIFFRES...
D'APRÈS MOI, IL FAUT REVENIR AUX FONDAMENTAUX : SELON TOUTES LES ÉTUDES RÉCENTES, AUJOURD'HUI LES GENS VEULENT DES ROBINETS QUI LEUR RESSEMBLENT.
?
CLIC
IL NOUS FAUT DONC PROPOSER PLUSIEURS TYPES DE ROBINETS AUXQUELS CHAQUE CATÉGORIE DE POPULATION PUISSE S'IDENTIFIER.
LE ROBINET NÉVROSÉ PAR EXEMPLE, QUI SE DEMANDE SANS CESSE S'IL DOIT DONNER DE L'EAU CHAUDE, DE L'EAU FROIDE OU DE L'EAU TIÈDE...
?
LE ROBINET ÉCOLO QUI REFUSE DE DONNER DE L'EAU, POUR FORCER À ALLER LA CHERCHER AU PUITS.
...OU DE L'EAU DE RÉCUPÉRATION À LA RIGUEUR...
LE ROBINET JET-SETTEUR QUI DONNE DU CHAMPAGNE FRAIS.
BRUT
ROSÉ
ET PUIS, IL FAUT SORTIR DES VIEUX SCHÉMAS DU ROBINET, LE MONDE A CHANGÉ...
ON NE PEUT PLUS EN RESTER AU BÊTE SYSTÈME DE L'EAU QUI SORT QUAND ON L'OUVRE ET QUI S'ARRÊTE LORSQU'ON LE REFERME...
IL FAUT RÉINVENTER LE ROBINET.

LE ROBINET, C'EST L'EAU, ET L'EAU, C'EST LA VIE. DONC, LE ROBINET, C'EST LA VIE !!!
J'EN DÉDUIS CECI : IL EST CAPITAL DE NE PLUS LE CANTONNER AUX SALLES DE BAINS OU AUX CUISINES !
IL FAUT ABSOLUMENT FAIRE PÉNÉTRER LE ROBINET DANS LES SALONS, DANS LES VOITURES, DANS LES ASCENSEURS !
OUI EUH... VOUS SAVEZ, RENAUD, L'AVENIR EST TOUT DE MÊME PLUS À L'ORDINATEUR QU'AU ROBINET...
UNIQUEMENT PARCE QUE DES INVENTEURS HORS NORMES ET DES COMMERCIAUX DE GÉNIE ONT TOUT FAIT POUR IMPOSER LES ORDINATEURS !
MAIS S'ILS S'ÉTAIENT PLUTÔT CONSACRÉS AUX ROBINETS, LA FACE DU MONDE EN AURAIT ÉTÉ TOUTE DIFFÉRENTE...
EN FAIT, LE PROBLÈME, C'EST QUE LES ROBINETS N'ONT PAS ENCORE EU LEUR STEVE JOBS, OU LEUR BILL GATES.
ZZZZZZ
BZZZZZZZZ
...
ENSUITE, ILS ONT TOUS ÉCLATÉ DE RIRE, ET ILS M'ONT DIT QU'EN TOUT CAS, LES ROBINETS AVAIENT TROUVÉ LEUR WOODY ALLEN !
SNIF...
?

ÇA VA, RENAUD? TU AS L'AIR BIEN SOUCIEUX...
HUM... C'EST VRAI... ...
EN FAIT, QUELQUE CHOSE ME TARAUDE DEPUIS QUELQUE TEMPS...
J'AI PEUR DE FAIRE LE MALHEUR DE NOS ENFANTS.
HEIN? COMMENT ÇA?!
EH BIEN, JE CRAINS QUE MON EXTRAORDINAIRE RÉUSSITE PROFESSIONNELLE NE LES BLOQUE DANS LEUR ASCENSION.
ON DIT QUE RIEN NE POUSSE À L'OMBRE DES GRANDS ARBRES, TU COMPRENDS?
ENFIN TOUT DE MÊME, TU CROIS QUE ÇA POURRAIT LEUR POSER UN PROBLÈME?
MAIS BIEN SÛR! DANS QUEL MONDE VIS-TU? JE SUIS UNE SOMMITÉ DANS LE MONDE DU ROBINET, JE TE SIGNALE!
MOI, JE DOIS VIVRE AVEC, MAIS JE L'ACCEPTE, PARCE QUE C'EST MON CHOIX. MAIS EUX, ILS N'ONT RIEN DEMANDÉ. JE LEUR IMPOSE CETTE VIE.
QUELLE VIE?
MAIS ENFIN, C'EST ÉVIDENT: TU TE RENDS COMPTE QUE TOUTE LEUR VIE, CHAQUE FOIS QU'ILS OUVRIRONT UN ROBINET, ILS SERONT HANTÉS PAR MON OMBRE!?
CHAQUE FOIS, MON ÉCRASANTE FIGURE TUTÉLAIRE PÈSERA SUR LEURS ÉPAULES! TU IMAGINES LA PRESSION?
AH! AH! EXCELLENT! "PRESSION"! "PRESSION D'EAU"! "ROBINET"! HI HI!
JE TE PARLE DE NOS ENFANTS, ET TOI, TU RIS?
EUH... C'EST-À-DIRE... L'HUMOUR PERMET DE DÉSAMORCER LES PROBLÈMES LES PLUS ÉPINEUX... NON?
DÉSOLÉ, MAIS ON NE PEUT PAS RIRE DE TOUT, DANS UNE SOCIÉTÉ CIVILISÉE!
... ET LE ROBINET FIGURE PARMI LES TABOUS QU'IL FAUT RESPECTER!
SINON, OÙ IRAIT-ON? IL N'Y AURAIT PLUS DE LIMITES!
AH! PAPA!
TIENS DONC!
ÇA VA, MON BONHOMME?
HOULÀ, TU ES TOUT SALE...
VA VOIR MAMAN, ELLE VA TE LAVER.
AH NON, DÉBROUILLE-TOI AVEC LUI!
J'AURAIS TROP PEUR DE LE TRAUMATISER! ...
PAPA ...
B+GD.
35

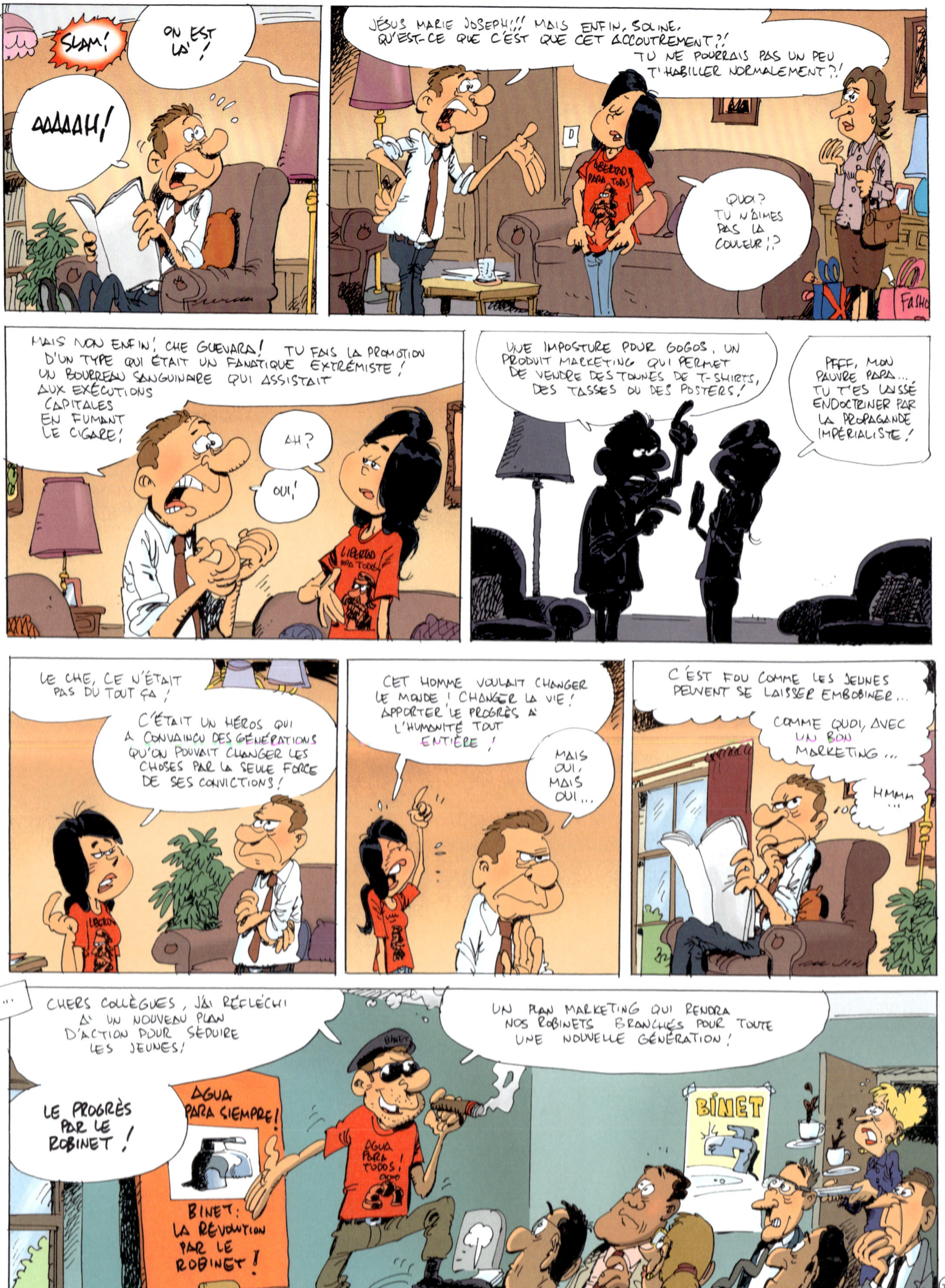
SLAM!
ON EST LÀ!
AAAAAH!
JÉSUS MARIE JOSEPH!!! MAIS ENFIN, SOLINE, QU'EST-CE QUE C'EST QUE CET ACCOUTREMENT?! TU NE POURRAIS PAS UN PEU T'HABILLER NORMALEMENT?!
QUOI? TU N'AIMES PAS LA COULEUR!?
MAIS NON ENFIN! CHE GUEVARA! TU FAIS LA PROMOTION D'UN TYPE QUI ÉTAIT UN FANATIQUE EXTRÉMISTE! UN BOURREAU SANGUINAIRE QUI ASSISTAIT AUX EXÉCUTIONS CAPITALES EN FUMANT LE CIGARE!
AH?
OUI!
UNE IMPOSTURE POUR GOGOS, UN PRODUIT MARKETING QUI PERMET DE VENDRE DES TONNES DE T-SHIRTS, DES TASSES OU DES POSTERS!
PFFF, MON PAUVRE PAPA... TU T'ES LAISSÉ ENDOCTRINER PAR LA PROPAGANDE IMPÉRIALISTE!
LE CHE, CE N'ÉTAIT PAS DU TOUT ÇA!
C'ÉTAIT UN HÉROS QUI A CONVAINCU DES GÉNÉRATIONS QU'ON POUVAIT CHANGER LES CHOSES PAR LA SEULE FORCE DE SES CONVICTIONS!
CET HOMME VOULAIT CHANGER LE MONDE! CHANGER LA VIE! APPORTER LE PROGRÈS À L'HUMANITÉ TOUT ENTIÈRE!
MAIS OUI, MAIS OUI...
C'EST FOU COMME LES JEUNES PEUVENT SE LAISSER EMBOBINER...
COMME QUOI, AVEC UN BON MARKETING...
HMMM...
...
CHERS COLLÈGUES, J'AI RÉFLÉCHI À UN NOUVEAU PLAN D'ACTION POUR SÉDUIRE LES JEUNES!
UN PLAN MARKETING QUI RENDRA NOS ROBINETS BRANCHÉS POUR TOUTE UNE NOUVELLE GÉNÉRATION!
LE PROGRÈS PAR LE ROBINET!
AGUA PARA SIEMPRE!
BINET: LA RÉVOLUTION PAR LE ROBINET!
AGUA PARA TODOS!
BINET
28

PLIC! PLIC! PLIC! PLIC! PLIC!
CE... CE N'EST PLUS POSSIBLE!
Z
UN ROBINET BINET® HYDROMAGIC 3000® TOUT NEUF QUI FUIT! C'EST INCROYABLE!!!
PLIC! PLIC! PLIC! PLIC!
... TRAHI PAR SA PROPRE MARCHANDISE!
PLIC! PLIC! PLIC! PLIC!
RHÂÂÂ! JE N'EN PEUX PLUS!
SALOPERIES DE ROBINETS! J'EN AI ASSEZ DES ROBINETS!
MAIS ENFIN, RENAUD, QU'EST-CE QUI TE PREND?... LES ROBINETS SONT TA RAISON DE VIVRE DEPUIS PLUS DE VINGT ANS!
LAISSE-LEUR AU MOINS UNE CHANCE...
NON, FABIENNE, C'EST TROP TARD! C'EST FINI, JE RAYE DÉFINITIVEMENT LES ROBINETS DE MA VIE!
MA DÉCISION EST IRRÉVOCABLE!
PLIC! PLIC! PLIC! PLIC!
LES ENFANTS... VOTRE PÈRE A DÉCIDÉ DE SUPPRIMER TOUS LES ROBINETS DE LA MAISON...
AH! NE PRONONCE PLUS JAMAIS CE MOT DEVANT MOI!
?
AH? COOL!
CHRISTOPHE, MON FILS... QUOI QU'IL ARRIVE, JURE-MOI QUE TU NE CONSACRERAS PAS TA VIE AUX ROBINETS!
EUH... PROMIS, P'PA...
EUH, PAPA... IL FAUT QUE JE T'AVOUE, JE ME SUIS FAIT FAIRE UN TATOUAGE DU CHE SUR LA FESSE GAUCHE...
PARFAIT! TANT QU'IL NE REPRÉSENTE PAS UN ROBINET...
VA DONC, HÉ! FACE DE ROBINET!
?
... C'EST POUR LIBÉRER LE MONDE DE LA TYRANNIE DES ROBINETS QUE J'AI CRÉÉ LE PARTI ANTI-ROBINETS!
VOTEZ POUR MOI!
VITE!
P.A.R.
POUR UN MONDE SANS ROBINETS
?
?
MES FRÈRES, REJOIGNEZ-MOI!
ÉTEIGNEZ CE ROB... GARGL!...
FCHHH
PLIC! PLIC! PLIC! PLIC! PLIC! PLIC! PLI
UN CAUCHEMAR... ... UN HORRIBLE CAUCHEMAR...
DIS, TU AS REMARQUÉ? IL Y A UN ROBINET QUI FUIT...
B+G.D
34

DIS, PAPA, TU AS RÉFLÉCHI À MON IDÉE DE "ROBINETS SANS FRONTIÈRES"?
IL SERAIT TEMPS QUE TU CESSES DE NE VENDRE DES ROBINETS QU'À DES GROS RICHARDS QUI ONT DÉJÀ BIEN ASSEZ D'EAU...
PAPA! J'AI ENFIN TROUVÉ CE QUE JE VAIS FAIRE : SCULPTEUR-CHORÉGRAPHE! MON PROJET EST DOUBLE : JE VAIS À LA FOIS SCULPTER DES GENS QUI DANSENT ET MONTER DES BALLETS À BASE DE SCULPTURES!
PAPA, TU AS LU LES NOUVELLES?! IL SERAIT TEMPS D'INSTALLER UN ABRI ANTINUCLÉAIRE SOUS LA MAISON, NON?!
EN PLUS, REGARDE : J'AI TROUVÉ SUR LE NET CE KIT DE MASQUES À GAZ QUI NE COÛTE PAS TROP CHER...
P'PA, TU PEUX M'AIDER À PRÉPARER MON EXPOSÉ SUR LES BETTERAVES SUCRIÈRES?... IL FAUT QUE J'EN AMÈNE TROIS SORTES DIFFÉRENTES EN CLASSE!
FABIENNE! IL FAUT ABSOLUMENT QUE JE SORTE PRENDRE L'AIR!!!
PRÉPARE-TOI, JE T'INVITE AU RESTO!
À CETTE HEURE-CI?
...DEPUIS LE TEMPS QU'ON AURAIT DÛ FAIRE ÇA!
TU CROIS?
MAIS SI, MAIS SI! QUELQUES HEURES AU CALME, LOIN DE LA MAISON, À SE FAIRE BICHONNER...
...SANS PERSONNE QUI NE NOUS DEMANDE RIEN...
VOUS AVEZ CHOISI?
...ET AVEC CECI, UN PEU D'EAU PLATE? PÉTILLANTE?
...ENCORE UN PEU DE VIN?
ÇA VA? TOUT SE PASSE BIEN?
VOUS ÊTES CONTENTS DE VOTRE TABLE? VOUS DÉSIREZ UN PEU DE PAIN, PEUT-ÊTRE?
OU DU BEURRE?
QUEL MORCEAU DÉSIREZ-VOUS QUE L'ON VOUS JOUE?
DES YEUX NOIRS DES YEUX PLEINS DE PASSION...
TU DISAIS?
OH, RIEN...

MONSIEUR DENIS BOULEY ?
OUI ?
?
BONJOUR, JE REPRÉSENTE L'"INTERNATIONAL COACH ASSOCIATION", ET JE CONSTATE QUE VOUS VOUS PRÉVALEZ DU TITRE DE COACH SANS AUTORISATION OFFICIELLE : VOUS N'ÊTES NI AGRÉÉ, NI CERTIFIÉ, NI HOMOLOGUÉ, NI HABILITÉ.
L'"INTERNATIONAL COACH ASSOCIATION" ? JAMAIS ENTENDU PARLER.
EXCUSEZ-MOI, MAIS J'AI RENDEZ-VOUS AVEC UN CLIENT.
TIENS, TIENS ? C'EST BIZARRE QUE VOUS NE NOUS CONNAISSIEZ PAS ! CELA FAIT DES ANNÉES QUE NOUS AGRÉONS DES COACHS DANS TOUTE LA VILLE.
LA VILLE ? POURQUOI DITES-VOUS "INTERNATIONAL", ALORS ?
AHEM. LÀ N'EST PAS LE PROBLÈME. POURRIEZ-VOUS M'EXPOSER VOTRE MÉTHODE, POUR VOIR SI VOUS ENTREZ DANS LE CADRE IMPITOYABLE DE NOS CRITÈRES D'AGRÉMENT ?
BEN... HEM... REMETTRE LE CLIENT AU CENTRE DE LUI-MÊME... ÊTRE À L'ÉCOUTE DE SA PROPRE ÉCOUTE... CENTRER SA TENSION NERVEUSE SUR L'ESSENTIEL...
HEU...
MOUAIS... ÇA M'A L'AIR BIEN FLOU, TOUT ÇA...
ALLONS DONC !
MES CLIENTS SONT TRÈS SATISFAITS, EN TOUT CAS.
VOUS SAVEZ QUOI ? JE VAIS VOUS SUIVRE CHEZ VOTRE CLIENT. JE POURRAI JUGER SUR PIÈCE, ET J'AVISERAI ENSUITE.
PFFF...
IL Y A TELLEMENT D'IMPOSTEURS DANS CE MÉTIER...
PEU APRÈS...
ÉLIMINEZ VOS MAUVAISES PENSÉES, MONSIEUR LEMERCIER. ÉLIMINEZ-LES EN MORDANT DANS CE TOAST.
CHAQUE MIETTE QUI TOMBERA SERA UN SOUCI QUI DISPARAÎTRA.
CHAQUE OBJET A UNE ÂME... PARLEZ AVEC AMOUR À VOS CHAUSSURES. VOTRE CHAUSSURE GAUCHE REPRÉSENTE VOTRE CONSCIENT, VOTRE CHAUSSURE DROITE, VOTRE INCONSCIENT.
FAITES-LES COEXISTER PACIFIQUEMENT POUR PARVENIR À L'HARMONIE...

CHAQUE MATIN, METTEZ UNE COURGETTE DANS UN GANT DE TOILETTE, PUIS CUISEZ À FEU DOUX PENDANT 1 MINUTE TRENTE. ENSUITE, POSEZ L'OBJET EN DESSOUS D'UN RADIATEUR.
VOUS VERREZ, ÇA ÉLIMINE LES MAUVAISES ÉNERGIES.
... UNE MINUTE TRENTE ... JE NOTE.
FERMEZ LES YEUX ET CONCENTREZ-VOUS SUR VOTRE PROPRE CONCENTRATION. QUAND VOUS SEREZ BIEN CONCENTRÉ, CONCENTREZ-VOUS SUR LA CONCENTRATION QUI VOUS PERMETTRA DE BIEN VOUS CONCENTRER.
CELA DÉCUPLERA VOTRE CAPACITÉ DE CONCENTRATION.
DIFFUSEZ VOTRE ÊTRE DANS LA MOQUETTE, NE FAITES QU'UN AVEC ELLE... LIBÉREZ L'ACARIEN QUI EST EN VOUS... APPUYEZ BIEN VOS FESSES CONTRE LA PLINTHE, ÇA VOUS PERMETTRA D'ÉVACUER VOS LIMITATIONS.
MERCI, DENIS, CES SÉANCES ME SONT D'UNE GRANDE AIDE.
N'OUBLIEZ PAS L'EXERCICE DE L'ATTACHE TROMBONE TROIS FOIS PAR JOUR, SURTOUT !
ALORS ? COMMENT AVEZ-VOUS TROUVÉ MA, EUH... MÉTHODE ?
C... COMMENT DIRE...
JE DOIS DIRE QUE VOUS M'AVEZ BLUFFÉ ! VOTRE MÉTHODE EST ÉPATANTE, COMPLÈTEMENT NOVATRICE !
JE N'AI JAMAIS RIEN VU DE PAREIL !
AH ?
PERMETTEZ QUE JE VOUS INVITE À DÉJEUNER, NOUS ALLONS FAIRE DE GRANDES CHOSES ENSEMBLE.
... ET IL M'A DEMANDÉ DE TRAVAILLER AVEC LUI ET DE DEVENIR COACH POUR COACHS !
QUELLE PROMOTION, TU TE RENDS COMPTE ?
C'EST MAGNIFIQUE, DENIS !
IL Y A TELLEMENT DE CHARLATANS DANS CE MÉTIER...
B&G.D.

ÉCOUTE, CHRISTOPHE, TON PROBLÈME, C'EST QUE TU ES TROP MOU ! ... AUCUNE AMBITION ! TU NE TE BOUGES JAMAIS ! TU NE ME SURPRENDS JAMAIS !
ET... CHRISTOPHE ?...
CHRISTOPHE ?
BOUH !
?
QU'EST-CE QUI TE PREND ?
BEN, TU M'AS DEMANDÉ DE TE SURPRENDRE, ALORS JE TE SURPRENDS...
PFFF... CE N'EST PAS CE À QUOI JE M'ATTENDAIS ...
ÇA PROUVE QUE J'AI RÉUSSI À TE SURPRENDRE, ALORS ?
PFF, TU ES VRAIMENT TROP NUL... TOUS LES AUTRES GARÇONS SONT DYNAMIQUES !
QUOI ?! TU VOUDRAIS QUE JE RESSEMBLE À TOUS LES AUTRES, C'EST ÇA ?
TU POURRAIS AVOIR DES PROJETS, AU MOINS !
JE VEUX GARDER MON AVENIR OUVERT : TU VOUDRAIS QU'À MON ÂGE, J'AIE DÉJÀ MA VOIE TOUTE TRACÉE ?
JE NE SAIS PAS, MOI ! IMPLIQUE-TOI DANS QUELQUE CHOSE !
EN TOUT CAS, BOUGE-TOI ! FONCE !!!
JE REFUSE L'AGITATION PERPÉTUELLE DE CETTE SOCIÉTÉ, QUI N'EST QUE FUITE EN AVANT.
RHÔÔÔ ! ET PUIS ZUT ! TU M'ÉNERVES, À LA FIN !
HÉ, ATT...
VROOO
NON MAIS ÇA VA PAS ?! ESPÈCE DE CHAUFFARD DE
DANGER PUBLIC
POUVEZ PAS REGARDER OÙ VOUS ALLEZ
MOI
EUH, CALMEZ-VOUS, MADEMOISELLE ...
... PRENEZ EXEMPLE SUR VOTRE AMI ! IL NE S'ÉNERVE PAS, LUI, AU MOINS ...
16

CE SOIR, NOUS AVONS LA MAISON POUR NOUS TOUT SEULS ! ALORS...
... JE PRENDS TOUT EN MAIN ! TU NE T'OCCUPES DE RIEN, TU TE LAISSES GUI...
HÉÉÉ !
NON ! PAS LES YEUX ! TU SAIS BIEN QUE JE SUIS CLAUSTROPHOBE !
BON, BON... SURPRISE !
?
PAS MAL, HEIN ?
MAIS ENFIN, TU ES FOU ! ÉTEINS ÇA ! SI UNE SEULE BOUGIE TOMBE, TOUT PEUT PRENDRE FEU !
NE BOUGE PAS, JE VAIS ÉTEINDRE...
VOILÀ ! ASSIEDS-TOI, ET DÉTENDS-T...
AAATCHAA !
ENFIN, NE ME DIS PAS QUE TU AS ENCORE ACHETÉ DES ROSES ! LES SEULES FLEURS AUXQUELLES JE SUIS ALLERGIQUE !
SNIF !
JE LES ENLÈVE ! COMMENCE À MANGER, J'ARRIVE...
CHOMP CHROMP...
!
ARGLLL ARRGHKKH !
ARKHRRGL HRGLLLGL ARRRKKKK...
ARG
TIPHAINE, ÇA VA ?!
ARKHOFF ARKHOFF ARKH...
UNE, DEUX, TROIS !
GNN
PTOU !
RHAA ! MAIS QU'EST-CE QUE TU AS MIS, DANS CETTE SALADE ?
BEN, JE VOULAIS TE FAIRE UNE SURPRISE, ALORS J'Y AI CACHÉ UNE BAGUE...
OÙ EST-ELLE PASSÉE ?
QUOI ?! JE SUIS À DEUX DOIGTS DE M'ÉTOUFFER, ET TOUT CE QUE TU TROUVES À FAIRE, C'EST DE T'INQUIÉTER POUR UNE STUPIDE BAGUE ?!
AH ! LA VOILÀ...
JE ME DEMANDE PARFOIS SI TU TIENS VRAIMENT À MOI !!!
SLAM !
ARF...
33
B+G.D

DENIS, TU AS REMARQUÉ? ON DIRAIT QUE TIPHAINE EST MOINS SOUVENT AVEC CHRISTOPHE CES DERNIERS TEMPS...
AH? TU CROIS?
OUI... AVANT ILS NE SE QUITTAIENT PAS... C'EST À PEINE SI ON VOYAIT TIPHAINE À LA MAISON...
UN DESSERT?
VOLONTIERS.
ILS PARLAIENT DE SE METTRE EN MÉNAGE ET TOUT... MÊME QU'AU DÉBUT C'ÉTAIT ASSEZ DUR POUR MOI... JE LE RESSENTAIS COMME UNE SORTE DE FUITE...
ILS SE SONT PEUT-ÊTRE EMBROUILLÉS PARCE QUE CHRISTOPHE N'ARRIVAIT PAS À SE DÉCIDER POUR LA COULEUR DE LEURS RIDEAUX?
PFRMK
SLURP
ENFIN BREF, JE ME FAIS DU SOUCI POUR ELLE... APRÈS TOUT CE TEMPS, SE RETROUVER SEULE...
ALLONS, TU T'INQUIÈTES SÛREMENT POUR RIEN...
CE N'EST QU'UNE MAUVAISE PASSE, C'EST TOUT...
...ET PUIS JE CONNAIS TIPHAINE COMME SI JE L'AVAIS FAITE! ELLE N'EST PAS DU GENRE À RESTER À SE MORFONDRE!
D'AILLEURS, JE...
CLAC
AH! ENFIN!
?
DITES! C'EST À CETTE HEURE-CI QUE VOUS RENTREZ, VOUS?
JE VOUS SIGNALE QUE J'AI PASSÉ DES HEURES À PRÉPARER LE REPAS, MOI!
ON VIT SOUS LE MÊME TOIT, NON?! IL Y A DES RÈGLES!!!
C'EST UN TOTAL MANQUE DE RESPECT DE VOTRE PART!
J'ESPÈRE AU MOINS QUE VOUS N'AVEZ PAS MANGÉ!
ALLEZ VOUS LAVER LES MAINS, ON PASSE À TABLE!
TU DISAIS?
RIEN...
BURP
30

PFF... CE PRÉSIDENT DE COMITÉ DE QUARTIER EST QUAND MÊME INSUPPORTABLE : NOUS FORCER À REPEINDRE NOS VOLETS EXACTEMENT DE LA MÊME COULEUR !...
IL DIT QUE C'EST POUR LE STANDING DU QUARTIER...
AH ? ET CE SERA QUOI LA PROCHAINE FOIS ? NOUS FORCER À NOUS COIFFER DE LA MÊME MANIÈRE "POUR LE STANDING DU QUARTIER" ?...
SOYEZ INDULGENT, DENIS : SON MANDAT TOUCHE À SA FIN, ET IL TIENT À LAISSER UNE TRACE DANS L'HISTOIRE DU QUARTIER...
... UN PEU COMME MITTERRAND AVEC LA PYRAMIDE DU LOUVRE !?
VOUS ÊTES SARCASTIQUE...
... FRANCHEMENT, IL N'A RIEN D'AUTRE À FAIRE ?
BEN NON, JUSTEMENT...
DU COUP, IL S'ENGAGE DANS UNE NOBLE CAUSE : LA COULEUR DES VOLETS ! LE COURONNEMENT DE TOUTE UNE VIE !
QUE VOULEZ-VOUS, TOUT LE MONDE NE PEUT PAS AVOIR UN DESTIN À LA GÉNÉRAL DE GAULLE...
LA CRITIQUE EST FACILE, MESSIEURS...
... MAIS CROYEZ-MOI, CE QUARTIER IRAIT À VAU-L'EAU S'IL N'AVAIT À SA TÊTE UN LEADER CHARISMATIQUE ENTIÈREMENT DÉVOUÉ À LA COLLECTIVITÉ, DÉGAGÉ DE TOUTE AMBITION PERSONNELLE.
EN L'ESPÈCE, MOI-MÊME.
MAIS ENFIN, MONSIEUR ZANYSLIKOWSKI, QU'EST-CE QUE VOUS FAITES LÀ ? VOUS... VOUS NOUS AVEZ SUIVIS ?!
ABSOLUMENT. MA PRÉSENCE ICI PROUVE QUE LE POUVOIR NE M'EST PAS MONTÉ À LA TÊTE : MALGRÉ MES HAUTES RESPONSABILITÉS, JE NE VIS PAS ENFERMÉ DANS MA TOUR D'IVOIRE...
JE RESTE UN HOMME DE TERRAIN.
BON, JE VOUS LAISSE, JE DOIS ALLER SUPERVISER LA LIVRAISON D'UN PAILLASSON EXTÉRIEUR CHEZ VOS VOISINS D'EN FACE.
C'EST ÇA.
BONJOUR LA LIBERTÉ INDIVIDUELLE ! ÊTRE SUIVIS JUSQU'AU MAGASIN !
IL FAUDRA BIENTÔT INTRODUIRE UNE DEMANDE ÉCRITE QUAND ON VOUDRA PASSER L'ASPIRATEUR ?
C'EST L'U.R.S.S. !
TOI, LÀ ! TES CLÉS DE VOITURE !
?
?!?

MES CLÉS DE VOITURE? QUOI, MES CLÉS DE VOITURE?
PASSE-LES-MOI!
VITE!
DÉSOLÉ, MAIS CE N'ÉTAIT PAS CLAIR.
MAIS ENFIN, DENIS, FAITES CE QU'IL DIT! VOUS VOYEZ BIEN QU'IL EST ARMÉ!
ET ALORS? GANDHI N'A JAMAIS CÉDÉ FACE À LA VIOLENCE, ET IL N'EST PAS DIT QUE JE ME LAISSERAI INTIMIDER. DISCUTONS, PLUTÔT.
ÉCOUTEZ, JE PRESSENS QUE VOS MENACES SONT SURTOUT UN APPEL À L'AIDE...
... ET JE SUIS SÛR QUE DERRIÈRE VOTRE VIOLENCE SE CACHE UN PROFOND DÉSARROI QUE JE SUIS PRÊT À ÉCOUTER ET À... OUAP!
BON.
POF
SLAM
VROMMM
DENIS, ÇA VA? VOUS N'ÊTES PAS BLESSÉ?
SI: IL NE M'A PAS LAISSÉ FINIR MON ARGUMENT...
OH! VOILÀ MONSIEUR ZANYSLIKOWSKI! MONSIEUR ZANYSLIKOWSKI! UN TYPE VIENT DE NOUS VOLER LA VOITURE! VOUS POUVEZ NOUS DÉPOSER AU COMMISSARIAT?!
AAAH! DÉSOLÉ, MAIS CE PARKING NE SE TROUVE PAS DANS MA ZONE D'INTERVENTION.
JE NE PEUX RIEN FAIRE.
COMMENT ÇA?! EN TANT QUE PRÉSIDENT DU COMITÉ DE QUARTIER VOUS NE POUVEZ PAS AIDER LES RIVERAINS EN DIFFICULTÉ?
LES STATUTS SONT CLAIRS: MON PÉRIMÈTRE D'ACTION SE LIMITE AUX RUES LEDUC, BARSIFLE ET NOURIEN. ET IL EST EXCLU QUE J'EMPIÈTE SUR LES ATTRIBUTIONS D'UN AUTRE PRÉSIDENT DE COMITÉ DE QUARTIER.
BON COURAGE.
HEIN?!
VROMMM...
ON CROIT RÊVER...
1.
AH, DENIS, C'EST GÉNIAL, TU T'ES ENFIN DÉCIDÉ À TE DÉPLACER À PIED POUR LES PETITES DISTANCES...
DEPUIS LE TEMPS QUE JE CHERCHE À TE CONVAINCRE!
OUI EUH... MERCI TIPHAINE... BEN OUI, ÉCOUTE, ON FAIT CE QU'ON PEUT POUR SAUVER LA PLANÈTE... SI À NOTRE PETITE ÉCHELLE ON PEUT CONTRIBUER...
HÉ HÉ
DENIS?!
2

BEN ALORS? OÙ EST LA VOITURE?
EUH... JE... JE L'AI REVENDUE!
REVENDUE? SANS ME PRÉVENIR? MAIS ENFIN, COMMENT ON VA FAIRE LES COURSES?!
QUELLE ÉTROITESSE D'ESPRIT, JE N'EN REVIENS PAS! ON PARLE DE SAUVER LA PLANÈTE, ET TOI TU TE PRÉOCCUPES DE NOS PETITES COURSES!
MAIS ENFIN, LE SUPERMARCHÉ EST À TROIS KILOMÈTRES!
ET ALORS? COMMENT CROIS-TU QUE LES GENS ONT FAIT PENDANT DES CENTAINES D'ANNÉES? ILS ONT BIEN FAIT LEURS COURSES SANS VOITURE!
VOUS AVEZ VU, VALÉRIE? C'EST QUAND MÊME INCROYABLE! ...
SE FAIRE VOLER SA VOITURE, COMME ÇA, EN PLEIN JOUR!
OUI BEN, EN PLEINE NUIT, ÇA AURAIT ÉTÉ LE MÊME TARIF, HEIN!
QUOI?! ON TE L'A VOLÉE?!
EUH, PAS VOLÉE: EMPRUNTÉE!
DONC, TU AS MENTI? TU N'AS PAS REVENDU LA VOITURE?...
NON, NON, JE N'AI PAS MENTI... JE COMPTAIS JUSTEMENT LA REVENDRE...
DONC, ÇA TOMBE TRÈS BIEN...
IL FAUT ABSOLUMENT RÉAGIR, CE N'EST PLUS POSSIBLE: L'INSÉCURITÉ DANS LE QUARTIER DEVIENT INTENABLE...
IL Y A DE PLUS EN PLUS DE DÉLINQUANTS!
EN MÊME TEMPS, IL FAUT LES COMPRENDRE: ILS N'ONT RIEN, ILS SONT DANS LA MISÈRE ET NOUS, ON DÉGOULINE DE SIGNES EXTÉRIEURS DE RICHESSE...
C'EST DE LA PROVOCATION!
ÉCOUTE, TIPHANE, JE COMPRENDS TON POINT DE VUE, MAIS SI TOUS LES GENS QUI ONT DES PROBLÈMES DEVAIENT SE METTRE À VOLER, ON N'EN SORTIRAIT PAS.
ALORS, QU'EST-CE QUE TU PROPOSES? LE TOUT-RÉPRESSIF, C'EST ÇA? QUAND JE PENSE QUE TU TE DIS DE GAUCHE!
PAPA! PAPA!
LA VOITURE!...
HÉ HO! TU VOUDRAIS PEUT-ÊTRE QU'ON LAISSE LA PORTE OUVERTE ET QU'ON LAISSE AL CAPONE SE SERVIR DANS LE FRIGO?!
PAPA! PAPA!
C'EST TOUJOURS MIEUX QU'UNE SOCIÉTÉ ÉGOÏSTE OÙ CHACUN VIT DANS SA PETITE BULLE!
C'EST TOI, DENIS, QUI RÊVES TOUJOURS D'UNE SOCIÉTÉ PLUS FRATERNELLE!
(3)

ÉCOUTE, TIPHAINE, TA MÈRE ET MOI, ON A TRAVAILLÉ D'ARRACHE-PIED POUR REMBOURSER LES TRAITES DE LA MAISON TOUS LES MOIS, ALORS CE N'EST PAS...
DIS...
TU PARLES ! PENDANT DES ANNÉES C'EST MAMAN QUI TRAVAILLAIT, D'ABORD !
ALORS...
TIPHAINE !
JE TRAVAILLAIS AUSSI, FIGURE-TOI, MAIS IL Y A PLUSIEURS FAÇONS DE TRAVAILLER ET TOUTES NE RAPPORTENT PAS D'ARGENT...
AH OUAIS ?
PAPA ...
PARFAITEMENT : PENDANT DES ANNÉES, JE ME SUIS CHERCHÉ, ET, CETTE PÉRIODE D'INTROSPECTION A ÉTÉ BÉNÉFIQUE À TOUTE LA FAMILLE, AU FINAL !
PAPA...
C'EST CLAIR ! TOUT CE TEMPS SUR LE CANAPÉ, C'ÉTAIT POUR LE BIEN DE LA FAMILLE !
OH ! ET PUIS ME
PAPA ! PAPA !
QUOI, PAPA ? TU M'ÉNERVES À LA FIN, ÉLIOTT !
REGARDE ! Y A LA VOITURE GARÉE LÀ-BAS AVEC UN TYPE DEDANS AVEC MONSIEUR LEPIC À CÔTÉ QUI DISCUTE AVEC LUI !
QU'EST-CE QUE C'EST QUE CETTE HISTOIRE ?
MAIS ENFIN, RENAUD, QU'EST-CE QUE VOUS FAITES AVEC CE TYPE ?!
EUH... HÉHÉ... TOUT CECI N'ÉTAIT QU'UNE MISE EN SCÈNE, EN FAIT, ORGANISÉE PAR UNE COMPAGNIE DE SÉCURITÉ PRIVÉE.
QUOI ?!
...À VOTRE SERVICE !
MAIS POURQUOI ?!
ILS CHERCHENT DE NOUVEAUX CONTRATS DANS LE SECTEUR, ALORS ILS SE SONT DIT QU'EN ORGANISANT DE FAUX ACTES DE DÉLINQUANCE, LES GENS SERAIENT PLUS SENSIBILISÉS, ET FERAIENT APPEL À EUX...
AH ÇA ! AVEC TOUT CE QUI SE PASSE !
HÉ ! C'EST SYMPA D'AVOIR LAVÉ LA VOITURE !
ET VOUS VOUS ÊTES RENDU COMPLICE DE CETTE ESCROQUERIE ?! J'AURAIS PU ÊTRE BLESSÉ !
BEN... C'EST-À-DIRE... ON N'A PAS TOUS LES JOURS L'OCCASION DE VIVRE INTENSÉMENT, DANS LE MILIEU DU ROBINET, ALORS JE ME SUIS LAISSÉ CONVAINCRE.
HEM ...

EH BIEN, DITES DONC, VOUS N'ÊTES PAS TRÈS DIFFICILE À CONVAINCRE, VOUS !!! ET POUR L'ACHAT DE DIX MILLE ROBINETS, VOUS AURIEZ ACCEPTÉ QU'ON LÂCHE UNE BOMBE ATOMIQUE SUR LE QUARTIER ?!
D.. DIX MILLE ?
ALLONS, DENIS, NE LE PRENEZ PAS COMME ÇA ! TENEZ, POUR ME FAIRE PARDONNER, JE VOUS OFFRE NOTRE TOUT NOUVEAU ROBINET MULTI-JETS AVEC FILTRE BIO ET MITIGEUR THERMOSTATIQUE POUR VOTRE CUISINE !
PFFF
ÇA VOUS VA ?
OH, MERCI, RENAUD ! MAIS BIEN SÛR QUE ÇA NOUS VA, HEIN, DENIS ?
À LA BONNE HEURE !
... HEUREUX QUE VOUS NE SOYEZ PAS FÂCHÉ, DENIS !
GRMBL ...
?
NON MAIS QU'EST-CE QUI SE PASSE ICI, SAPERLIPOPETTE ?
!
QU'EST-CE QUE C'EST QUE CE CIRQUE ? VOUS AVEZ LES AUTORISATIONS POUR VOUS GARER ICI, VOUS ?
SECUR CITY
C'EST BON, MONSIEUR ZANYSLIKOWSKI, ILS SONT AVEC NOUS...
ET ALORS ? VOUS AVEZ SONGÉ À PRÉVENIR LES AUTRES HABITANTS DU QUARTIER ?
ET CES VOLETS, ÇA AVANCE, D'ABORD ?!
SLAM
UN PEU DE NERF, VOYONS ! CHACUN DOIT Y METTRE UN PEU DU SIEN !
...
DITES, RENAUD, VOUS N'AURIEZ PAS UN PETIT ROBINET À LUI PROPOSER, HISTOIRE DE LE CALMER ?
AUCUNE CHANCE. POUR LUI, JE PRÉCONISE PLUTÔT UNE DOUCHE !
NON MAIS...
VROM !
SECUR CITY
FROIDE !
FIN
GILLES DAL & BERCOVICI

Famille Lepic

Fabienne Lepic.
Son rêve : une société où elle trouverait sa place.

Sa passion : la politique communale. (Elle s'y investit largement).

Sa devise :
« on n'a qu'une famille ».

Renaud Lepic.
Son rêve : une société ordonnée, basée sur le travail et le respect.

Sa passion : le robinet.
(Il est n°2 des robinets Binet).

Sa devise : « si les chômeurs cherchaient du travail, tout irait bien mieux ».

Christophe Lepic.
Son rêve : devenir un artiste intègre mais reconnu.

Son principal trait de caractère : flegmatique.

Sa devise : « à quoi bon ? »

Soline Lepic.
Son rêve : mener à bien une révolution radicale, humaniste, solidaire, responsable, généreuse, éthique, démocratique, citoyenne.

Son principal trait de caractère : péremptoire.

Sa devise : « il faut qu'on s'y mette tous ensemble, sinon on ne s'y mettra pas tous ensemble, or il faut qu'on s'y mette tous ensemble ».

Lucas Lepic.
Son rêve : devenir grand.

Son principal trait de caractère : gourmand.

Charlotte Lepic.
Son rêve : parvenir à vivre, au moins une fois dans sa vie, une journée sans angoisses.

Son principal trait de caractère : catastrophiste.

Sa devise : « pourvu qu'il ne m'arrive rien ».